솔잎 끝에 매달린 빗방울
불 밝히다

이시환의 새 시집

신세림출판사

솔잎 끝에 매달린, 빗방울 불 밝히다

이시환의 새 시집

서시(序詩)

가까이 있어 보이지만
막상 뚜벅뚜벅 걸어서 가노라면
다가서는 만큼 달아나는 듯하고

아득히 멀어만 보이지만
끝내는 당도하게 마련인
저 눈부신 설봉(雪峯)과도 같이

멀리 있기에 아득하고
아득하기에 더욱 그리워지는,
그리움 간절해지기에 가까이 다가서고 싶고
다가서고 싶기에 오늘도 나는 꿈을 꾸는가.

- 2017. 11. 24.

차례 / 솔잎 끝에 매달린 빗방울 불 밝히다

2부

차례 / 솔잎 끝에 매달린 빗방울 불 밝히다

4부

제 1 부

적상산(赤裳山)에서

울긋불긋 다홍치마를 두른
너의 치맛자락 속으로 기어들어가
숨소리조차 납작하게 짓눌러 놓았건만
가슴 두근거리는 바람에
끝내는 들통 나고 말았네.

나는, 두 손 꽁꽁 묶인 채
어디론가 압송되어 가는데
버려진 토담집 감나무에
주렁주렁 매달린 홍시마냥
눈시울만 붉어져 있네.

- 2017. 11. 11.

_____

*적상산(赤裳山) : 전북 무주군 적상면에 있는 산으로 해발고도 1029미터인데, 옛 사
람들은 이곳의 단풍이 하도 붉고 고와서 붉은 치마를 두른 산이라 하여 '적상산(赤裳
山)'이란 이름을 붙여 주었다 한다.

숲속의 길을 걸으며

수없이 걷고 걸어서
눈에 익고
발에 익은,
똑 같은 길이련만

내 마음 빛깔따라
보이는 것들이 사뭇 달라지는
숲속의 세상 신비하고

내 마음 눈빛따라
안겨드는 것들이 또한 달라지는
숲속의 세계 하, 신기하구나.

평생 키워 온
내 시전(詩田)의 묵언(默言)도
보고 듣는 이의 마음결따라 달라지는
하나의 세상을 품고
하나의 세계를 가지는,

울창한 숲속의 오솔길처럼
크고 작은 풀꽃들을 내어 놓으며,

누군가의 발에 익고
눈에 익었으면 좋겠네.

-2017. 10. 05.

낡은 신발을 바라보며

그래, 이 두 발로써
걸을 수 있을 때까지 걷고
갈 수 있는 곳까지 가보련다.

그것이야말로
내 스스로 짊어진
운명이자 축복이라 여기며,

오늘도 어제처럼 설레는 마음으로,
때로는 두려운 마음으로
길을 나선다,

이런 발걸음조차 언젠가는
줄이 뚝 끊어지듯 멈추어 버리는
그 순간이야 오겠지만

길 위에 찍히는 발자국이
아무리 초라해도, 화려해도,
부인할 수 없는
내 생명의 숨이었다는 사실을 새기면서

나는, 두 발로써
걸을 수 있을 때까지 걷고
갈 수 있는 곳까지 가보련다.

-2017. 10. 05.

간지럼

크고 작은 꽃들이 저마다
피어날 자리에서 형형색색 피어나듯이
계곡의 물이 하도 맑아
내 옷을 벗고 슬그머니 용소(龍沼)로 들어가니
환영한다는 뜻인지,
탐색하는 것인지,
아니면, 먹잇감으로 여기는 것인지,
내 몸을 에워싸고 사방에서 입질을 해댄다.

그래도 이곳이 자기들 세상이라고
이 작은 물고기들이 호기심을 내어
낯선 내게로 다가오는 게 싫지는 않다.

이제, 그만들하거라!
간지럽다, 이 녀석들아,
이 순간만은 나도 너희들처럼
한 마리 산중의 물고기이외다.

이 깊은 산중에서 꾀를 벗고
너희들과 함께 노는 나를 본 사람은
아마도 없을 것이다.

설령, 누가 몰래 훔쳐보았다 해도
나의 간지럼까지야 보았겠는가.

-2017. 09. 10.

치악산 비로봉에서

어머니가 아이를 낳듯이
아침 해가 붉은 알처럼 쏙 빠져나오자
그는 생화 한 아름을 품에 안고서
내게로 가까이 오셨다.
치악산 비로봉 정상에 초라하게 서있는
내게로, 내게로 말이다.

그의 인자한 미소와
맑고 깨끗한 꽃들을 눈부시게 바라보면서
인간세상이 온통 추악한 것 같아도
지고지순한 것이 있다는 사실을 깨달으며
온몸에 소름이 다 돋는다.

이는 어쩌면,
아니, 어쩌면 이는,
나도 이제는 그의 부드러운 미소처럼,
그가 건네주는 한 아름의 그 눈부신 꽃처럼
살면서 기쁨을 선사하라는 말씀일 것이다.

-2017. 09. 10.

원추리

간절히 기다렸던 사람,
그리운 사람 오신다고
일손 놓고 버선발로 달려 나오는
저 놀란 눈빛의 들뜬 여인을 보아라.

하나뿐인 사람,
그리움이란 나무에
아침저녁으로 물을 주었던 사람,
고마운 사람 오신다고
하던 일 멈추고
맨발로 뛰어나오는
저 기쁜 여인의 눈빛에 어리는
눈물을 보아라.

그대 고운
다홍치마 땅에 닿을라.
그대 급한 마음
돌부리에 걸려 넘어지실라.

-2017. 07. 12.

---

*덕유산국립공원 중봉 사면 원추리 군락지에서

좌선 · 2

난생 처음 보는,
하얀 코끼리 한 마리가,

그것도 몸집이 집체만하고
힘도 세어 보이는 코끼리가

놀랍게도 일곱 빛깔 연꽃 위로
성큼성큼 걸어온다.

지상의 눈들이,
천상의 손길이,

그 눈부신 코끼리에 쏠린 탓일까,
그 깨끗한 연꽃으로 쏠린 것일까?

세상은 온통
백짓장처럼 조용하다.

그 숨죽인 세상 가운데에서
나 홀로 돌아앉아 눈을 감으니

천리 밖의 소리 다 들리고
마음 속 불길까지 훤히 내다보인다.

-2017. 01. 01.

주목

겉과 속이 다르지 않은
너의 일편단심, 그 붉은 마음을 두고
사람들은 붉은 나무, 주목(朱木)이라 하는가.

비바람이 몰아쳐도 먼저 나아가 맞고
폭염이 내리쬐어도 온몸으로 맞서지만
엄동설한에도 먼저 나아가 알몸으로 맞서는
너의 숙명적인 천성을 어이할거나.

죽을 때 죽을망정
사는 것처럼 뜨겁게 사는,
아니, 살아있는 것처럼 뜨겁게 살아가는 너,
너를 볼 때마다 비겁한 나는,
삼가 고개를 숙일 수밖에 없구나.

비록, 부러지고, 꺾이고, 뒤틀렸어도,
아니, 속까지 다 파헤쳐져 텅 비었어도
꿋꿋하게 서서 숨이 멎는 그 순간까지
살아있는 한 사는 것처럼 살아가는 너,
그런 너를 볼 때마다 나는,
삼가 고개를 숙이며

부끄러운 내 삶을 떠올리네.

-2017. 07. 16.

얼레지

이 깊은 숲속에
숨어 사는 너를 두고
누가 '바람난 여인'이라 일러 바쳤던가.
그놈 참, 여자 보는 눈만은 탁월하네그려.

이 첩첩산중에서
운명처럼 만난 까칠한 여인이여,
너의 숨겨진 속을 들여다보면 볼수록
깜찍하고도 요염하기가 그지없구나.

선명한 이목구비하며
수줍음을 타는 듯 다소곳하면서도
은밀한 성역을 드러내 보일 줄도 아는
달콤하게 익어가는 여인이여,

우리는 무슨 인연으로
이 순간 서로 단단히 엮이어 있는가.
이제 얼굴을 들고
나를 한껏 유혹할 테면 유혹해 보거라.

나는 너의 잘 영글어가는

마음까지 곱게 펴서
한 필의 베를 짜는 것만으로도
충분히 설레이며 황홀하구나.

그런 네 앞에서야
흔들리지 않을 사내가 어디 있으며,
그런 너의 치명적인 유혹 앞에서야
넘어지지 않을 자가 어디 있겠는가마는
부디, 그 마음 주고 싶거들랑
한 사내에게만 주시라.

-2017. 07. 14.

_____

*지리산국립공원 삼도봉에서 명선봉으로 가는 길에서

산행일기 · 1

바람 거친 칼바위능선 길에
진달래는 더욱 붉고,

가뭄에도 견디어내는
깊은 계곡 숲속에는
새들이 더욱 분주하네.

-2017. 04. 13.

산행일기 · 2

어디선가
물 흘러내리는 소리 들려도
마음 속
묵은 때가 씻겨 나가는 듯하고,

울긋불긋 피어나는 꽃처럼
여기저기에서 새들이 지저귀어도
시간이 정지된
딴 세상에 와 있는 것만 같네.

-2017. 04. 13.

산행일기 · 3

계곡에는 산수유
능선에는 진달래

양지바른 바위틈엔
풀꽃들이 눈부시어

이 가슴 두근두근
맥없는 눈물을 훔치네.

산행일기 · 4

바람 거칠고
가파른 의상능선 상에
키 작은 진달래는 만시지탄
더욱 더 붉고

그 바람 숨이 멎는 바위틈에서는
새끼손톱보다도 작은 풀꽃들이
노랗게 쪼그리고 앉아
햇볕을 쬐고 있네.

-2017 04. 27.

산행일기 · 7

이 첩첩산중에
누가 오시려나.

가지런히 양탄자 깔아놓고
울긋불긋 꽃비를 뿌렸구려.

이 첩첩산중에
누가 오시려나.

하늘에는 흰 구름 띄워 놓고
골골에 실바람 풀어
녹음방초 짙게 물들이네.

-2017. 06. 22.

산행일기 · 8

-노목(老木)에 만개한 꽃들을 바라보며

말하지 마라.
울지도 마라.
말하지 않아도 나는 안다.
비록, 굽고, 휘어지고, 뒤틀렸다만
더욱 단단해진 몸으로
황홀하게도 꽃을 피웠구나.

그동안 살아오면서
갈증에 목이 얼마나 타들어갔는지,
강풍에 얼마나 시달리고 꺼둘렸는지,
엄동설한에 얼마나 떨며 얼어붙었는지를
내가 알고 네가 아나니
말하지 마라.
울지도 마라.

세상의 온갖 풍파를
온몸으로 견디어내고 이겨낸
너의 깊은 눈빛 같은 꽃들을 바라보면서
말을 해도 내가 하고
울어도 내가 대신 울리라.

-2017. 06. 22.

산행일기 · 9

다람쥐 한 마리가
보름달 같은 뻥튀기 한 장을 들고
갉아 먹느라 삼매에 빠져
가까이 다가가도 눈치 채지 못하고

백운봉 밑 깊은 계곡에 까마귀들은
먹고 사는 일로 투쟁중인 듯
요란스레 소리 지르며
나무와 나뭇가지 사이를 넘나드는데

울긋불긋 옷을 입은 사람들은
삼삼오오 무릴 지어
이곳저곳 그늘진 자리에 둘러앉아
무언가를 먹고 마시며
세상 돌아가는 얘기 나누느라
여념이 없네.

-2017. 06. 25.

출근길에서

이른 아침부터
산들바람 불어

가로수 벚꽃 잎이
떨어지며 흩날리는데

오늘은 귀한
손님이라도 오시나보다.

아스팔트 검은 차도 위로
내려앉아 구르는 작은 꽃잎들

아주 작은 나비떼 무리가 반짝반짝
춤을 추는 것만 같은데

오늘은 목마른 대지에 촉촉이
법우(法雨)라도 내리려나보다.

-2017. 04. 14.

한눈파는 사이에

착한 소설 같은 경전을 읽느라고
잠시 내 한눈파는 사이에
세상은 온통 하얗게 눈이 덮이어

바쁘게 돌아가던 공장에
돌연 전원이 나간 것처럼
고요하기 이를 데가 없네.

다들 어디로들 갔을까?
평소에 보이던 사람들도,
오가던 자동차들도 보이질 않고

눈 덮인 세상은
소리 없는 한 점
그림이 되어 있는데

웅장한 빌딩 모퉁이에서 하얀 눈밭 위로
어린 꼬마 녀석들이 펭귄처럼
조심조심 걸어 나오네.

믿기지 않기에 거짓말 같은 경전을 읽느라고

잠시 또 한눈파는 사이에
소리 없이 내리던 눈은 뚝 그치고
맑은 햇살이 쏟아지는데

바깥세상은
다시 가동되는 공장 안처럼
분주하게 움직이는 것들로 요란스럽네.

-2017. 01. 13.

태풍전야

장대비가 밤새도록 쏟아지려나?
하염없는 빗소리는 지척에서 들리고,
바람마저 점점 거칠어지는지
세상의 틈이란 틈에서는
쇳소리가 고개를 넘는다.

불어나는 강물과 강풍으로
넘어지고 무너지고 뜯기고 휩쓸릴까
두려운 생각도 든다마는
그래도 나에게는 비바람을 피해
몸을 웅크릴 수 있는
다람쥐 굴속 같은 동굴이 있다네.

물론, 어느 날 갑자기 파헤쳐지거나 짓뭉개지는
절체절명의 위기가 닥칠 수는 있어도,
온전히 물에 잠기어버리거나 영영 떠내려가는
절체절명의 위기를 배제할 수는 없어도,
당장은 몸을 웅크릴 수 있는
깊은 동굴이 있다네.

줄기차게 내리는 장대 빗소리에

세상은 더욱 조용해지고,
잠시 숨을 고르는 바람소리에
적막은 더욱 무거워지지만

그래도 나에게는
몸을 웅크린 채 누워서
세상의 한 모퉁이에서 벌어지는 일들을
염탐할 수 있는 아늑한 동굴이,
동굴이 있다네.

-2016. 10. 04.

아라홍연

누가,
내 곤한 잠을 깨우시나?
낯선 누군가의 손길에 눈을 떠
깊은 잠에서 깨어나 일어나긴 났다만
정녕, 그 하늘 그 땅에 그 바람이런가.

세월 가는 줄 모르고
내 낮잠 한 숨 길게 잤네만
한 걸음에 징검다리 건너듯
칠백 년을 건너 뛰어
불현듯 세상에 다시 나와 보니
내 간절한 임은 어딜 가고
낯선 이들의 멋쩍은 눈빛뿐인가.

비록, 맵시 다르고 미소 다르다만
이목구비 크게 다를 바 없는데
혹여, 놀라서 겁먹은 사람 대하듯
그저 신기한 눈으로 나를 바라들 보시는데
그 하늘에 그 햇살 받으며
이 땅에 뿌리 내리고 내렸던,

청정한 불국토에
'아라홍연'이라네.

그리운 불국토에
'아라홍연'이라네.

-2016. 08. 13.

앵두

고 작은 것들이
아주 빨갛게 농익어서
탐스럽다 못해 요염하다마는

나는 안다,
입안에 넣어 깨물어버리는 것보다
이쯤에서 바라보는 게 좋다는 것을.

그러니 그 윤기 찰찰 넘치는 알몸으로
나를, 나를 유혹하지 마라.
이제 그런 유혹에 빠져
더 이상 속아시지 않으련다.

금방이라도 터져버릴 듯
무르익어서 가득한
여인이여, 세계여, 세상이여,

너를 집어 드는 순간,
우리 사이 호젓한 오솔길 무너져 내리고
싱그러운 관계 끊어져버려

그 곳 그 자리마다
서로에 대한 실망만이 잡초마냥 무성하게
자라날까 두렵구나.

-2016. 07. 23.

제 2 부

깊어가는 병

사람이, 사람이 그리워지는
첩첩산중에 들고 싶네.

사람이, 사람이 그리워지는
황량한 사막
깊은 골짜기로 들고 싶네.

-2017. 09. 06.

어느 조각 전시장에서

문밖을 나서면
세상이 온통 살아있는 그림이고,

하나하나 뜯어보면
굳이 손댈 필요조차 없는
완벽한 조각품인 것을.

그런데 어찌 사람이 만든
이 소소한 것들에 욕심을 내겠는가.

대저, 까치집은 까치가 짓고
제비집은 제비가 지을 따름인 것을.

-2017. 04. 02.

시와 나 · 1

시는 나의 도피처였고
시는 나의 은신처였네.

나의 시는 낡고 초라하기 짝이 없는
다 쓰러져가는 초가집으로
앞문으로 기어들어갔다가 뒷문으로 나와도
혹, 뒷문으로 기어들어갔다가 앞문으로 나와도
사람들 눈에 좀처럼 띄지 않는

시는 나의 도피처였고
시는 나의 은신처였네.

-2017. 08. 27.

시와 나·2

시는 한 때 가슴에서 나왔는데
요즈음엔 머리에서 나와야 하네.

시는 한 때 흥에서 나왔는데
요즈음엔 복잡한 계산에서 나와야 하네.

시는 한 때 절로, 절로 익어 나왔는네
요즈음엔 쥐어짜야 만이 좋은 상품이 되네.

이토록 변해버린 세상에
스스로 적응하지 못한 죄로

나는 그 도피처조차 버리고
그 은신처조차 포기하려 하네.

-2017. 08. 27.

자화상 · 1
-작은 산국(山菊)에 부쳐

살면서 시를 쓴답시고
호들갑을 떨었네.

한 바퀴 돌아와 보니
하루하루 살아가는 삶이 통째로 시인 것을
그 목숨이 바로 시인 것을

시를 쓴답시고
호들갑을 떨었네.

-2016. 10. 26.

자화상 · 2
-작은 산국(山菊)에 부쳐

세상 속에 살면서
늘 세상 밖을 꿈꾸었네.

한 때는 의욕이 넘쳐
물 밖으로 뛰쳐나온 물고기처럼 파닥거렸지만

나의 몸부림은 말이 되지 못한 채
소리 없는 메아리되었네.

-2016. 10. 26.

낙화기

꽃이 지기로소니
아쉬워 할 것도 없고
꽃이 지기로소니
서러워 할 것도 없네.
피었으면 지고 져야 만이
비로소 열매를 맺나니

빛깔 고운 꽃일수록 아쉽고
향기 좋은 꽃일수록 그리운 법이지만
그렇다고 서러워하지도 마라.
슬퍼하지도 마라.
저마다 갈 길을 가는 것뿐이니

설령, 한눈파는 사이
그 젊음 다 늙어버렸다고
그 인생 끝자락이 보인다고
아쉬워하거나 서러워 할 것도 없네.

이왕 가는 길이라면
웃으면서 기꺼이 가세.
세상에 지지 않는 것 없고
덧없지 아니한 것 없질 않는가.

-2017. 04. 17.

나의 풍경소리

숨 막히는 이 가마솥더위 속에서도
이따금 한적한 오솔길의 풀내음 풍기는
풍경소리 들린다.

내 지그시 눈을 감고
그 소리에 귀를 기울이노라면
신기하게도 걸어온 길이 훤히 드러나 보이고
가야할 길조차도 확연히 돋아나 보인다.

그 풍경소리는,
밤낮없이 내부순환도로를 질주하는
자동차들의 광기어린 굉음에 묻히는 듯싶다가도
용케도 되살아나 돌 틈에 피어난 작은 풀꽃처럼
나의 손을 붙잡고 일으켜 세워
깊은 숲속으로 이끌어 걸어 들어가기를 좋아한다.

한참을 둘이서 콧노래 부르며 함께 걷다가
갈림길에서 그만 손을 놓고
'이 길일까? 저 길일까?' 망설이는 사이
나 홀로 남겨두고 사라져버린 그는,
아무리 불러도 대답이 없다.

하지만 기적처럼 되살아나는 그는,
어디선가 다시 또 나를 부르며
다가와 나의 손을 붙잡고
나를 일으켜 세우리라.

-2016. 08. 21.

가을손님

오지 않을 것 같은 가을은,
가을은 그 멀고 먼 길을 돌고 돌아서
신기하게도 하룻밤 새에 당도하셨네 그려.

오늘 아침, 살갗을 스치는 바람결은 차갑고
하늘은 유달리 맑고 높고 푸르러 흰 구름 깨끗하고
멀리 있는 산조차 선명한 게
그야말로 하루아침에 딴 세상이 되었네 그려.

하룻밤 새에 오고 가는 것이
어디 가을 여름뿐이겠는가 마는
이순(耳順)이 되어
가을아침을 맞는 나는
공연히 흐르는 눈물을 감추지 못하네.

-2016. 08. 26.

파문(波紋)

그릇, 그릇이었네.
너무나 커서 지각되지 않았을 뿐
수많은 그릇들을 담아내고 있는
커다란 하나의 그릇이었네.

내가 낮잠을 자면서,
귀에 익은 새소리를 듣는 것도
문틈을 빠져나가는 바람의 말씀을 듣는 것도
그 그릇 속의 그릇 안에서 일어나는
작은 소용돌이의 파문일 따름이네.

밤하늘에, 달이 유별나게 커 보이는 것도
소리 없이 별똥별이 빗금을 긋는 것도
저마다 사연을 안고 살다가는 것도
꽃들이 지었다가 다시 피어나는 것도
그 그릇 속의 작은 그릇 안에서 일어나는
작은 소용돌이의 파문일 따름이네.

-2017. 03. 21.

다시 봄을 맞으며

그래도 봄, 봄이 되었다고
산과 들에 별의별 꽃들이 피어주니
이 얼마나 감사한 일이며,
우리들의 심장을 뛰게 하는 일인가.

비록, 미세먼지 때문에
창문을 꽁꽁 닫고 살아도,
비록, 지구 온난화 이상기온 때문에
근심걱정 날로 늘어나도

내가 살아있기에
보고 느낄 수 있는 축복이며,
내가 살아있기에
누릴 수 있는 수심(愁心) 아니던가.

바깥세상의 꽃소식을 전해 듣고도
아무런 의욕조차 내지 못하는
아버지의 눈동자를 빤히 들여다보노라니
금방이라도 이 세상과 작별인사를 준비하는 것만 같아
허허, 슬금슬금, 슬픔이 밀려오네.

부처는 안·이·비·설·신·의 육식(六識)을
온갖 욕구의 발원지로 여기고서
한사코 '덮어두라', '눌러두라' 하셨지만
그것의 기능퇴화가 곧 노화(老化)요,
그것의 기능정지가 곧 생명의 끝, 죽음이라네.

세상 사람들은
그 아쉬움 그 슬픔을 외면하기 위해서
'천국에 간다', '극락에 간다'는 믿음으로써
애써 자위(自慰)하지만
끝내 눈물을 감추지는 못하네.

하지만 여보게,
나는 어느 날부터 생각을 바꿔 먹었다네.
죽음으로써만이 비로소,
모든 생명이 똑 같은 길을 가는,
절대평등세계로 들어간다고 말일세.
그러고 나니, 다소나마
위로가 되고 위안을 받는다네.

-2017. 04. 10.

당신의 말씀

세상만사 물거품 같고
아지랑이 같으며
허깨비 같다지만

분명, 물거품도 아니고
아지랑이도 아니며
허깨비도 아니라네.

세상만사 물거품도 아니고
아지랑이도 아니며
허깨비도 아니라지만

정말, 물거품 같고
아지랑이 같으며
허깨비만 같다네.

-2017. 03. 13.

일문일답

누가 나에게 그러더군요.
"끝내는 돌아서서 내려올 것을
무엇하러 그렇게 애써 산에 오르느냐?"고.

그래서 내가 그에게 되물었지요.
"어차피 죽을 인생,
왜 죽지 않고 힘들게 사느냐?"고.

그랬더니, 그가
"그저, 농담으로 한 번 해본 말일세." 라고
말을 바꾸더군요.

그래서 나도
그와 같이 말을 바꾸었지요.
"나도 그저,
농담으로 한 번 해본 말일세." 라고.

-2017. 09. 10.

황악산 골짜기에서 하룻밤을 묵으며

해가 짧아지니
밤이 무척 길어지는구나.

초행인 황악산 골짜기로 들어
하룻밤 묵어가려니
초저녁부터 곤한 잠에 떨어진 탓일까,
아침인 줄 알고 일어났는데
고작 새벽 두 시밖에 아니 되었네그려.

창가로 가 커튼을 젖히고 유리 창문을 여니
밤하늘에는 희미한 별빛이 없지 않았지만
줄지은 가로등들이 길을 훤히 밝혀놓아
이곳이 사람 사는 세상임을 시위하지만
찬바람과 함께
가까이 있는 늙은 소나무의
그 진한 솔향이 버럭 안기어 드네.

이 긴긴 밤을 나 홀로 어이할까.
물을 끓여 차라도 한 잔 마실꺼나.
가부좌를 틀고서
이 밤을 등지고

너를 외면할까나.

-2017. 11. 09.

---

*황악산(黃岳山) : 경북 김천시 대항면과 충북 영동군 매곡면에 걸쳐 있는 해발고도
1,111m의 산으로 유서깊은 직지사(直指寺)를 품고있다.

아버지를 요양원에 입소시키고

89세 되신 아버지를 요양원에 모시고
아니, 인계하고 되돌아 나오는 날,
누나는 내내 눈물바람을 하고,
나는 밤새 잠을 이루지 못했네.

다른 뾰족한 수가 없었음에도 불구하고,
늙고 병든 아버지를
낯선 땅에 버리고 온 것만 같아
한사코 불안 초조해지는 것이
영락없는 죄인이 되고 마네.

혹자는 돈이 없어
보내고 싶어도 못 보낸다는데,
그것도 믿음직스런 친구 내외가 운영하는
좋은 시설에 입소시켰는데도
모진 형벌을 받는 것만 같네.

-2017. 02. 16.

척박한 초원을 걸으며

목이 타들어가도록
갈증이 난 박토에
딱 한 차례 소나기가 쏟아지고
그 위로 햇살이 금가루처럼 뿌려진다.

이 때다싶어
일제히 싹을 틔우고
서둘러 꽃을 피우는
갖가지 풀꽃들을 보아라.

절호의 기회를 놓치지 아니하고
생명의 잔치를 벌이는
이 진지함,
이 거룩함을 보아라.

세상에 살아가는 그 어떠한 것도
아름답지 아니한 것 하나 없고
거룩하지 아니한 것 하나 없으리니
내 어찌, 이 순간,
이 순간을 가볍게 여기리오.

그저 욕심일 뿐

순금으로 된 땅 위를 걷고
칠보로 장식된 대궐에 살며,

수레바퀴만한 연꽃이
일곱 가지 빛깔로 피어있다는
크고 작은 연못을 내려다보며,

아무리 마셔도 배탈이 나지 않는
강물과 호수의 맑은 물이 넘실대고
사시사철 먹어도 갖가지 과일이 줄지 않으며,

시도 때도 없이
아름다운 새들의 노랫소리 들리고
부드러운 실바람 불어오며
천상에서 꽃비가 내리는 그곳!

그곳 사람들에게는
나쁜 마음조차 일지 않는다는
그런, 그런 곳이 다 있다네.
그곳이 바로 사람들이 꿈꾸는 천국이요,
천상의 극락이라.

사람들은 한사코 그런 곳에서
죽지 않고 영원히 살기를 원하는데
그 얼마나 허황된 욕심이며,
끔찍한 꿈이란 말인가.

-2017. 01. 05.

잔인한 소리

정의, 민주, 그 좋은 말들을 외치는
광화문의 촛불시위도 잔인하다.

속을 뒤집어 까발리는 쾌감을 만끽하며
혀끝을 놀리는 언론도 간교하고 잔인하다.

사람의 죄를 묻고 캐는 자들도,
법에 따라 단죄하는 자들도 잔인하긴 마찬가지다.

거짓말하는 줄도 모르고
거짓말을 일삼는 자들은 더욱 간악스럽다.

권력이란 칼을 쥐고서
춤을 추는 자들도 또한 추악하다.

제 한 몸 살겠다고 간에 붙었다
쓸개에 붙었다 하는 자들을 말해 뭣하랴.

잔인하지 않으면,
추악하지 않으면 살 수 없는 세상이다.

모두가 같은 생각,
같은 감정을 갖고 사는 일도 끔찍하다.

다 내가 잔인하기 때문에
내 마음이, 내가 하는 일이 잔인한 줄 모를 뿐이다.

-2017. 01. 04.

홍시 하나를 먹으며

어느 날 나는,
낟알 곡식 몇 알씩을 먹고도
얼굴에 광채가 났다던
수행중인 고타마 시타르타를 떠올렸다.

어느 날 나는,
감나무 가지 끝에 매달린 홍시를 쪼아 먹고도
엄동설한을 가볍게 날 수 있었던
집안의 까치들을 떠올렸다.

어느 날 나는,
살생하지 않겠다고 달걀은 말할 것도 없고
식물의 뿌리조차 먹지 않았던
피골이 상접한 인도의 수행자를 떠올렸다.

어느 날 나는,
살아가는데 필요 이상으로
너무 많이 먹는다는 생각이 들었다.

몸을 좀 더 가볍게
눈을 좀 더 해맑게

살아갈 수는 없을까.

깨끗해지고 싶다.
투명해지고 싶다.
가벼워지고 싶다.

-2016. 12. 16.

슬프지도 기쁘지도 않는 나의 노래

슬퍼도 너무 슬퍼하지 말아요.
괴로워도 너무 괴로워하지 말아요.
세상에 슬프지 않은 사람 없고
괴롭지 않은 사람 없어요.
저 길 가는 사람들을 붙잡고 물어보세요.
저들은 스스로 말하지 않을 뿐
머릿속 뚜껑을 열고 들어가 보면
저마다 두툼한 소설책이 쌓여 있어요.
누구는 한 권, 누구는 두세 권으로 족하지만
누구는 대여섯 권, 또 누구는 한 질로도 부족해요.
살아가는 양태는 달라도
구구절절한 사연과 더불어서
슬픔도, 괴로움도, 기쁨도, 있을 것은 다 있어요.
그러니 슬퍼도 너무 슬퍼하지 말아요.
괴로워도 너무 괴로워하지 말아요.
설령, 기쁘더라도 너무 기뻐하지 말아요.
삶이란 그저 지나가는 과정일 뿐
슬플 때에는 기쁠 때를 생각하고
기쁠 때에는 슬플 때를 떠올리세요.
무심한 것도, 유심한 것도
깊어지면 다 병이 되어요.

벌 나비 없는 이 엄동설한에는
바싹 엎드려 봄을 기다려야 하지만
미친 듯이 미친 듯이 꽃을 피워 놓는 놈도 있어요.
세상은 그렇게 저렇게 살아가는 것들로 가득하잖아요?
그 가득한 것으로서 우리는 하나일 뿐이에요.
알고 보면 저마다의 욕구를 충족시키기 위한,
아니, 갈증을 해소하기 위한 활동으로서
몸부림을 칠 따름이지요.

-2016. 12. 09.

나의 기도문

감사합니다.

어김없이 낮과 밤을 부리시고
봄 여름 가을 겨울 사계절을 부리시어
살아있는 것들로 하여금
당신의 품안에서
저마다 생멸의 역사를 쓰도록 하시나니

감사합니다.

-2016. 12. 04.

단상 · 1

생명이란 그 자체가 욕구요,
살아있음이란 그 욕구를 충족시켜가는
활동에 지나지 않음이니

인류사가 그러하듯
우주 자체가 욕구충돌사이며,
그것의 결과가 생멸을 거듭하는
'진화(進化)'라는 과정일 뿐이라네.

-2016. 12. 04.

단상 · 2

이 시대 최고의 선은
욕구를 적절히 통제하여
자신을 포함한 그 어떤 생명에게도
피해를 끼치지 않으려는
노력 외에 다름 아니네.

-2016. 12. 05.

우연도 운명

하루하루가 힘들다 싶으면
가까운 산봉우리에라도 올라서서
사람 사는 세상을 내려다보세요.

얼키설키 얽혀 복잡한 것들도
단순하기 짝이 없고,
크고 작은 것들도
다 도토리 키 재기에 불과해요.

하루하루가 힘들다 싶으면
가까운 산봉우리에라도 올라서서
굽이굽이 흐르는 강물처럼
지나온 길을 뒤돌아보세요.

그 멀고 먼 길에서 만난
수없는 우연조차도 우연이 아니고
필연이었음을 알게 될 테니까요.

내 의지 내 힘만으로 살아온 것 같아도
나는 너의 품에 안겨 있고,
너는 나의 등에 엎히어 있어요.

-2016. 10. 16.

쉬어가며

가끔은,
가던 길을 멈추고 뒤돌아보세요.
내 얼마나 멀리 달려 왔으며,
내 얼마나 숲속 깊이 들어와 있는지를.
부단히 걸어온 길을 뒤돌아보세요.
앞으로 가야할 길을 가늠해줘요.

가끔은,
가던 길을 멈추고 내려다보세요.
내게 지워진 짐이 얼마이며,
내게 남아있는 힘이 얼마인지를.
하루하루 열심히 살아가는
바로 당신을 내려다보세요.
앞으로 가야할 곳을 훤히 비춰줘요.

그래도 뒤돌아보며 숨을 돌리고
그래도 내려다보며 고개를 끄덕이는
그 순간, 순간이 있어서
새 힘이 솟아요.

-2016. 10. 16.

잘 보이지 않는 덕

내 어렸을 적
어머니가 하루만 집을 비워도
집안이 온통 텅 빈 것처럼 허전했었는데

어느덧 내가 늙어서
작은 앞니 하나가 빠져버렸는데
그 작은 공간이 그렇게 큰 줄을 몰랐었네.

-2016. 10. 16.

그 길을 걸으며

작은 풍경소리가
여운을 남기며
멀리 멀리 사라져 간다.

돌연, 앞니 하나가 흔들리더니
버틸 만큼 버티다가
싱겁게 무너지고 만다.

그렇게 사라져 가고
무너지는 것들이
세상의 절반이지만

나는 늘 모르는 척
고개를 돌리면서도
그것들을 그리워한다.

무너지지 않고
사라지지 않으려고
자신의 기둥을 꽉 붙잡고서

기를 쓰고 용을 쓰는 이들조차

끝내는 스스로 무너지고
사라질 수밖에 없지만

사라지기에 깨끗한 것이고,
무너지기에 존재할 수 있으며,
그 길 위에 서있지 아니한 것 없네.

-2016. 09. 21.

정릉 숲을 산책하며

간밤에 촉촉이 내린 비로
초겨울 정릉 숲에 수목이 온통 검어졌구나.
그렇게라도 질긴 갈증이 해소되어
속이 다 시원하겠네그려.

문득 솔잎 끝에 매달려 반짝이는
은구슬 같은 작은 빗방울들을 바라보다가
나도 꿈을 꾸듯 길을 걷지만
오늘따라 새들조차 곳곳에서 부산을 떠네.

-2017. 12. 03.

하와이 연정

태풍조차도 미풍이 되고
미풍조차도 태풍이 되는
망망대해 가운데 떠있는
꿈의 섬
하와이여,

펄펄 끓는 용암 솟아올라
검은 바위가 초록 산이 되고
온갖 생명 깃들게 하여
대지가 되는
희망의 섬
하와이여,

마침내,
사람사람 가슴에 깃대를 꽂고
펄럭이는 깃발 같은 청춘
하와이여,

내 마음 속
한 점 그림 같은 풍경으로 남아
걸려 있네.

-2016. 09. 12.

하와이에 가면

하와이에 가면
하와이에 가면

서핑을 할까?
스노클링을 할까?

돌고래와 놀까?
거북이와 놀까?

용암 펄펄 끓어 넘치는 화산으로 갈까?
융단처럼 잔디밭 깔린 골프장으로 갈까?

커피나 파인애플 농장으로 갈까?
초콜릿이나 빵집으로 갈까?

'폴리네시안'의 체취나 훔쳐볼까?
하와이 왕조의 짧은 역사나 공부할까?

진주만의 전쟁사를 뒤적거려 볼까?
선대(先代)의 이민사를 탐구해 볼까?

호텔 정원 야자수 그늘 밑에서 낮잠이나 잘까?
대형쇼핑몰에서 유명브랜드상품이나 고를까?

햄버거에 콜라를 마실까?
스테이크에 포도주를 곁들일까?

훌라춤이라도 출까?
그저 저녁노을이나 바라볼까?

하와이에 가면
하와이에 가면

무엇을 볼 수 있으며,
무엇을 할 수 있을까?

무엇을 느낄 수 있으며,
무엇을 생각할 수 있을까?

-2016. 09. 21.

아카카 폭포 가는 길

하늘을 떠받치고 있는 기둥인 양
쭉쭉 뻗은 나무들이 무리지어 서 있고,
높은 하늘에서 내려오는 동아줄인 양
늘어져 드리워진 거목의 뿌리들이
땅에 닿을 듯 말 듯 치렁치렁하다.

사람 하나 들어도
나비 한 마리 나풀거리듯 보이는
울창한 잡목 숲에서는
간간이 이방인을 경계하는
낯선 새소리 들려오고,
크고 작은 나뭇잎에서는 물방울 뚝뚝 떨어지고
보이지도 않는 계곡에서는 흐르는 물소리 들리며,
깊이 들어갈수록 향기인지 냄새인지 분별할 수 없는,
그 끈적거림이 온몸으로 달라붙는다.

저들의 짙푸른 생명의 욕구로 가득한
이 열대우림 속에서는
나도 포식자에게 공격당하거나 잡혀 먹히지 않고
무언가를 얻기 위해서 혹은 살기 위해서
촉각을 곤두세우고 어슬렁거리며

귀를 세우고 코를 킁킁거리는
한 마리 산짐승이 될 뿐이다.

-2016. 09. 11.

_____

*아카카 폭포 주립공원[Akaka Falls State Park] : 미국 하와이 주 빅 아일랜드 노스
힐로[North Hilo] 구역에 있는 열대우림 속 135미터 길이의 폭포.

마음의 원근법

살다보면
그리 가까웠던 것도 멀어지고
멀리 있던 것도 가까워지는 법이다.

살다보면
그리 좋았던 것도 싫어지고
싫던 것도 좋아지는 법이다.

이 순간도 변하고 있지만
상대의 변화가 아니라
다 나의 변화일 따름이지.

혹시라도 가까운 사람이 미워지면
멀찌감치 거리를 두고 바라보게나.
그 미운 구석들도 예뻐보일 수 있나니

혹시라도 가까운 사람이 싫어지면
좀 더 가까이 다가가 찬찬히 뜯어보게나.
그 싫은 구석들도 좋아질 수 있나니

알고 보면 모든 게 다

내 무지 내 욕심 탓이라네.
그 걸 알고 그 욕심 조금만 버려도
싫어하고 미워할 것도 없다네.

-2017. 10. 11.

부부

살아가면서 많이 미워졌다 싶으면
한 걸음 물러서서
다시금 이리저리 뜯어보시게나.

미워진 그도 한 때는
'너 없이 못 산다'는 내 사랑이라는 퍼즐의
중심을 꿰어 맞추던 한 소각이있지 않은가.

살아가면서 많이 싫어졌다 싶으면
한 걸음 물러서서
다시금 조목조목 뜯어보시게나.

싫어진 그도 한 때는
내 간절한 사랑이라는 퍼즐의
중심을 꿰어 맞추던 한 조각이었지 않은가.

한 때는 오로지 나만을 믿고 사랑했던
사람이라는 사실을 떠올리며,
한 때는 오직 그만을 믿고 사랑했던
나[我]라는 사실을 떠올리며

그를 위해 그동안
내가 무엇을 얼마나 했나?
나를 위해 그동안
그가 무엇을 얼마나 했나?

생각하고 생각하면
신기하게도 측은지심이 생기면서
그 미움이란 것도 한결 엷어지네그려.

-2016. 07. 26.

아직도 꿈 많고 갈 길 멀어
-우리들의 졸업 40주년을 맞으며

스무 살 앳된 청년이
예순 살의 늙은 청년되었네.

그동안 흘러간
40년 세월 뒤돌아보자니
꽤나 굽이굽이 흘러온 강물되어
너른 들에 온갖 생명 젖줄되었네.

비록, 검은 머리 흰머리가 되고
윤기 넘치던 얼굴에 주름 깊어졌다만
누가 우리더러 한낱 늙은이라 하는가.

누가 뭐래도 우리는,
아직도 꿈 많고 갈 길이 멀다네.
그동안 쌓아올린 우정이 얼마며,
그동안 함께 했던,
웃음과 눈물과 술잔이 얼마이더냐.

누가 뭐래도 우리에겐,
'남쪽하늘에 떠 있는 샛별'처럼
푸른 꿈 푸른 희망이 있고,

이제로부터 다시 시작되는
제2부 인생의 서막이 열리고 있질 않는가.

우리 모두 한 마음으로 일어나
손뼉 치며 일구어온 40년 역사를 자축하고,
우리 모두 한 마음으로 일어나
어깨동무하고서 일구어갈 새로운 40년을 맞이하세.
진실한 우정과 사랑으로 자축하고.
진정한 화합과 우정으로 맞이하세.
맞이하세, 맞이하세.
우리들의 새로운 삶! 새로운 역사를!

-2016. 09. 24.

제
3
부

大寒民國(대한민국)

간밤이 유독 춥고
사방이 어둡더니만

간밤이 유독 길고
꿈자리까지 사납더니만

밤사이 소리 소문 없이
폭설이 내렸구나.

밤사이 쥐 죽은 듯 조용하더니
세상이 바뀌었구나.

어제까지 믿었던
진실이 거짓되고

어제까지 믿었던
거짓이 진실되었네.

-2017. 01. 20.

나제통문(羅濟通門)을 지나며

이쪽과 저쪽을 갈라놓는
거친 물길은 해자(垓字)가 되고
가파른 바위산은
산성(山城)이 되어
먼 옛날, 신라와 백제 간의
자연스런 경계선이 되었다네.

멀리 내다보는 사람은
그 물길에 징검다리라도 놓고
가로막힌 바위산엔 구멍이라도 내어서
사람이 오고가고
바람이 내통할 수 있도록
길을 내고 문을 열어서
이른바 통문을, 통문을 열었다네.

그것이 훗날,
신라와 백제가 하나 되는
길이 될 줄을 그 누가 알았을까마는
지금이라도 막힌 곳이 있다면 뚫고
굳게 닫힌 곳이 있다면 허물어서라도
길을 내고 문을 열라.

그것만이 하나가 되고
그것만이 통일이 되는 지름길임을
이 산간벽지에 나제통문이 일러주네.

-2017. 11. 10.

지구 · 1

내 힘으로
내 의지로
일평생 살아가는 것 같아도
알고 보면
네 품에 안기어 있고,
네 등에 엎히어 있네.

-2017. 01. 16.

지구·2

나는 태어나 만60년으로
세상을 한 바퀴 겨우 돌아 나오면서
새로운 또 한 세상을 꿈꾸지만

너는 더 크게, 더 멀리 돌면서
숱한 생명들을 등에 업고 품에 안은 채
새로운 60억 년을 꿈꾸는가.

-2017. 01. 16.

돌아가는 길

가던 길이 돌연 끊어졌다고
너무 놀라지는 마세요.

앞길을 가로막는
장애물이 불쑥 나타났다고
너무 걱정하지도 말아요.

오던 길을 뒤돌아가기에는 그렇다지만
그래도 좌우 어느 쪽으로든
돌아가는 우회길이란 게 있잖아요.

도저히 넘어갈 수 없고
밀어내거나 무너뜨릴 수 없다면야
돌아가는 길이 더욱 쉽지요.

설령, 거뜬히 넘어갈 수 있고
밀어내거나 무너뜨릴 수 있다 해도
돌고 돌아서가는 길이 꼭 나쁘지만은 않아요.

물길이 그러하고
바람길이 그러하듯이

우리 웃으면서 돌아가요.

굽이굽이 돌아가는
이 멀고 먼 길이 더 여유롭고
더 빠를 수가 있거든요.

회룡포를 내려다보고
하회마을을 굽어보노라니
돌아가는 물길이 더없이 평화롭고
바람길이 참 부드러워요.

-2016. 11. 27.

시위공화국 · 1

툭하면 거리로 쏟아져 나와
피를 토하며 드러눕는
민초들의 자유여,

툭하면 광장으로 쏟아져 나와
거친 가시를 삼키며 어깨동무하는
백성들의 정의여,

툭하면 거리나 광장으로 쏟아져 나와
독기(毒氣)가 아니면 살기(殺氣)로 뭉친
만백성의 민주여, 평화여,

누가 저들의 입에서
거친 가시를 꾸역꾸역 삼키게 하며,

무엇이 저들의 목구멍 갈증에
불을 댕겨 놓는가.

저들의 무성한 말들과
저들의 피를 빨아먹고 자라는
이 땅의 민주여, 정의여,

이 땅의 자유여, 평화여,

여기서 툭, 저기서도 툭,
시위로 성장한 나라가
시위로 말라비틀어져 죽지나 않을까
심히 두렵구려.

시도 때도 없이
이곳저곳에서 툭, 툭하다가
저 홀로 말라비틀어져 죽지나 않을까
심히 두렵구려.

-2017. 09. 25.

시위공화국 · 2

고구려 광개토대왕이 만주족이고
발해를 건국한 대조영 역시 만주족이라고
중국인들이 한 수를 두면
우리는 맞장구를 치지 못한 채
쉽게 격분하고 만다.

일본의 정치인들이 신사참배를 하거나
과거에 젊은 여성들을 속여
일본군 위안부로 강제 전락시키고도
오리발을 내놓는 지금,
우리는 또 끓는 냄비 속처럼
쉽게 분노하고 만다.

우리의 분노는
거리로, 광장으로 쏟아져 나와
한 목소리를 내지만
그것은 금세 꺼지고 마는
불꽃임을 왜 모르는가.

분노가 솟구쳐도
더 이상 거리로, 광장으로 뛰쳐나오지 마라.

대사관 앞으로 몰려가지도 마라.

그 분노의 불꽃같은 에너지로
소리 없이 잠수함 한 척이라도 건조하고,
눈물을 머금고 진실을 탐구하여
사실을 명백히 밝힘으로써
스스로 강해져라.

그렇지 않으면
모든 것이 공염불이 된다.
그렇지 않으면
한 때의 우국충정마저도
한낱 물거품이 되고 만다.

돌아보라.
내다보라.
지구상의 인류 역사란
알고 보면 도적의 역사요,
욕구충돌사에 지나지 않느니라.

-2017. 09. 25.

어리석은 사람들

집안에 든
독사 한 마리 잡겠다고
초가 삼 칸 다 태우겠네.

안방으로 숨어든
능구렁이 한 마리 잡겠다고
기둥 무너지고 지붕 다 내려앉겠네.

그놈의 독사,
그놈의 능구렁이 한 마리 때문에
온 집안사람들 혼비백산 제정신이 아닌데

절호의 기회를 놓치지 않는
큰 도적 작은 도적 막지 못하고
제집 식구조차 갈라놓고 마네.

-2017. 03. 04.

우문

올 여름이 왜 이리 무덥냐고요?
그야 너와 내가 더워야 할 여름을
너무 시원하게 보내기 때문이지요.

누구는 바다로 산으로 강으로 피신가고
누구는 가마솥에 개와 닭을 삶고
누구는 발가벗은 채 골방에서 책을 읽고
누구는 에어컨 바람 속에 갇히어 기침을 하고
누구는 지구 반대편으로 날아가 여행 중이고…

올 여름이 왜 이리 무덥냐고요?
그야 너와 내가 밑 빠진 항아리에 물 붓기 같은
탐욕을 억제하지 못하기 때문이지요.

-2016. 08. 15.

위험한 세상

우리들의 심장 속으로 파고드는
잘 보이지 않는 비수

우리들의 콧구멍이나 입속으로 들어가는
정체불명의 중금속이거나
맹독성 화학물질이 아니면
방사능오염물질

그것들은 모두 다
내가 편하게 살기 위해서
내가 배부르게 살기 위해서
본래 있는 것들을 왜곡시키거나 조작하면서
불거져 나오는 쓰레기가 아니면 배설물

이제 그들에게 에워싸여
내 심장이 굳고
네 폐가 굳고
우리들의 피부에 종양이 피어나며
소리 없이 생명이 시들어가는 상황

그럼에도 불구하고

멈출 줄 모르는
우리들의 눈먼 욕구!

이제 욕구를 들여다보고
생명의 바탕을 들여다보고
내 삶을 들여다볼 때이다.

- 2016. 09. 12

'순실시대'를 살며

1.

속았구나.
또 속았구나.

독버섯 같은
그 화려한 빛깔에 속고
그럴듯한 무늬에 속았구나.

속았구나.
또 속았구나.

몸을 숨긴 암초 같은
그 치명적인 위장술에 속고
그럴듯한 고집에 속았구나.

2.

썩었구나.
다 썩었구나.

시궁창 같은 청와대 악취에
코가 마비되어 썩고
거짓말을 밥 먹듯 하는
권력의 혓바닥조차 다 썩었구나.

썩었구나.
다 썩었구나.

그 선대로부터 물려받은 악습
만신창이 되어서 썩고
이젠 속으로까지 번지어
오장육부가 썩을 대로 다 썩었구나.

-2016. 11. 04.

'순실시대'를 건너며

1.

도무지,
어울리지 않는 옷을 입고서
한바탕 춤을 추었네그려.

감쪽같이
만백성의 눈과 귀를 속여 가며
허수아비 춤을 추었네그려.

2.

이제 와서
속았다고 분통을 터뜨리면
속이라도 시원해질까.

이제 와서
무능하다고 머리채를 잡아 끌어내리면
문제가 속 시원히 풀릴까.

3.

법이 있으니 법대로
절차를 밟아 처리하면 되는 것을,

그놈의 법에 문제 있다면
이제라도 뜯어고치면 되는 것을,

늘 법 위에 군림하려는 자들과
이성적인 판단보다는 감정에 휩싸이는 사람들만이

이 땅의 주인인 양
이 시대의 정의인 양 요란스럽네그려.

기회를 엿보다가도 이때다 싶으면
일제히 달려들어 물어뜯는

하이에나 이빨을 드러내는
야성이 꿈틀대는 곳이 바로
권력을 지향하는 정치판임을.

4.

정치인들의 꿍꿍이속을 포장하는 감언이설은
언제나 달짝지근한데

그놈의 유혹에 번번이 속아 넘어가는 이
순진한 백성이고 보면

착한 것인지
어리석은 것인지 알 수가 없네그려.

5.

잘도 속이고도
제가 속아 넘어가는 것이

물고 물리는
인간세상인 것을.

기는 놈 위에 뛰는 놈 있고,
뛰는 놈 위에 나는 놈 있는 것이

기상천외한

인간세상인 것을.

그들이 말하는 정의조차
그들이 말하는 진실조차

한 순간을 지탱하기가
버거워 보이네.

6.

내가 60년을 살다보니
능력보다 더 빛나는 것이 있다면

그것은 언제나
진정이었고,

말보다 더
요긴한 것이 있다면

그것은 오로지
실천적인 행동이었음을

이제서야

깨닫게 되네.

7.

어지러운 '순실시대'에
무엇이 갈급한가?

밀실의 커튼을 제키고
그 속을 들여다 볼 수 있는

시스템의 투명성이고,
낡은 구습에서 벗어나

오늘을 직시하고
내일을 내다보는 안목이 아닐까.

8.

하야도 좋고,
사퇴도 좋고,

질서 있는 퇴진도 좋고,

탄핵도 좋다마는

전제되는 것이 있다면
국가와 국민을 위하는 진정일진대

그 진정성만 있다면
삐거덕거리는 역사의 수레바퀴도

바로 세워
잘 굴러가게 마련인데

대안(代案)도 없고
그 수레를 끌 대인(大人)도 없으니

밥 잘 먹고 얹힌 것처럼
속만 답답할 뿐이네.

-2016. 12. 01.

무제

어쩌자고 깊은 수렁 속에 빠져버렸는가? 무엇에 눈이 어두워져 그 위험천만한 곳으로 들어갔는가? 노련한 수사자 한 마리는 저 홀로 허우적대다가 탈진한 상태가 되고서야 겨우 겨우 빠져나오긴 했다만 스스로 놀란 나머지 뒤돌아보며 비틀걸음을 걷고 있는데 어디선가 나타난 숙적 하이에나 무리들이 에워싼다.

심상치 않은 분위기 속에서 앞길을 가로막는 하이에나 무리를 향해 사자는 송곳니를 드러내며 위엄을 부려보지만 평소와는 달리 전혀 먹혀들지가 않는다. 저들이 한바탕 신경전을 피는가 싶더니 대장 하이에나가 먼저 돌진함으로써 일제히 달라붙어 물어뜯기 시작하는데 과연 궁지에 몰린 사자 한 마리는 살아남을 수 있을지 모르겠다. 설령, 살아남는다 해도 온몸에 상처투성인 처참한 몰골일 것이다.

권력이란 아주 부드럽고 맛있는 고기 살점을 앞에 놓고 느끼는 식욕 같은 것! 기회를 놓치지 않고 틈을 노리는 포식자들의 먹잇감 사냥은 고도의 테크닉을 요구한다. 새끼들을 먼저 먹여 살려야겠다는 본능도 없지 않지만 엄연한 서열과 공로 순으로 먹어야 하고, 저들이 배가

부른 후에나 먹고 남은, 그야말로 먹잘 것 없는 뼈나 가죽이 어린 것들의 차지가 된다.

오늘도 꼬리 내린 볼썽사나운 사자 한 마리와 낑낑대는 하이에나 무리들과의 물고 뜯기는 싸움은 계속되지만 과연 누가 죽고 누가 살아남을지 숨죽인 채 지켜보고 있노라니 영락없는 아프리카 초원에 와 서있는 기분이다.

-2016. 11. 08.

무너짐에 대하여

와르르 무너지는 것은 슬프다.
공든 탑이 무너지고,
축대가 무너지고,
일평생 쌓은 명예가 무너지고,
건장했던 몸이 무너지고,
정신이 무너지고,
그 무엇이 또 무너져 내린다.
무너지지 않는 것이 있다면
무너지지 않는 것이 없다는 사실이다.
그럼에도 불구하고, 무너져 내리는 것은 다 슬프다.
무너지는 것은 한 순간이지만
오래전부터 자라온 불씨가 있다.
가장 은밀한 곳에서 씨눈처럼 숨어 있는
그놈을 자라지 못하게 했어야 하는데
한눈만 팔았다하면 쑥쑥 자라나는 게 그것이다.
모름지기, 살아있는 것들은 중력을 거스르며
한 걸음 한 걸음 올라가야 하는데
어느 순간 발을 떼기는커녕
버티기에도 힘이 부친 것이다.
조금씩, 조금씩 타이어에 공기 빠져나가듯
빠져나가는 힘을 애써 외면해온 것일 뿐이다.

지금도 내 눈에는 무너지는 것들의 슬픔이
도처에서 꽃처럼 피어난다.
내 안에도 있고 밖에도 있다.
청명한 가을 하늘 아래 산비탈에서
돌연 돌무더기가 쏟아져 내리면서
먼지구름을 피운다.
주변엔 아무도 없다.

-2016. 11. 02.

벌판에 서서 · 2

여전히
바람이 분다.

부글부글 끓어오르는
세상의 온갖 말들이 쓰레기처럼 쓸려간다.

그곳에서 소비된 시간조차도
휴지조각처럼 구겨져 휩쓸려간다.

그야말로
세상은 텅 비어있다.

그 텅 빈 세상이
차라리 블랙홀이었으면 좋겠다.

온갖 추악한 것들이 다 녹아내려서
새 생명의 강물이 흐르는 대지가 되었으면 좋겠다.

여전히 바람이 분다는 사실에
나는 희망의 깃발을 걸고 싶다.

-2016. 11. 03.

제
4
부

왕초보 이시환의 시조(時調) 습작 21수

-시조에 대한 나의 생각

1. 시조는 때[시절(時節)]를 노래하는 곡조의 노랫말[歌辭]이다.

2. 그래서 3장 6구 12음보 45자 내외의 정형률을 요구하지만 악보 [곡]에 따라서 다소 융통성을 부여할 수도 있다.

3. 오늘날 노래[時調唱] 없이 가사만 짓는 것은 시조의 50% 계승에 지나지 않으며, 노래를 부르기 위한 가사가 아니라 읽기 위한 시조 모양의 3장 6구 12음보를 지키거나 그것의 변형을 꾀하는 것은 이미 시조가 아니라 시조 외형만을 모방한 詩라고 생각한다.

4. 3장의 첫 구 3음절은 고정불변이라고 흔히 말들 하나 반드시 그렇지는 않으며, 2자든 4자든 3음절에 해당하는 음의 길이를 내어 소리 내면 그만이다.

5. 시조는 창[노래]이라는 악보가 전제되는 것이고, 그 악보에 따라 가사는 그에 따른 제한을 받을 수밖에 없기에 외형률을 따지는 것이다.

6. 오늘날은 인쇄술의 발달로 듣는 노래에서 읽으며 생각하는 시로 바뀌어 가듯이, 시조에서도 3장의 음수·음보 등의 외형만을 살리고, 그 내용은 생각하며 읽는 문장으로 바뀐 지 오래되었다. 이를 두고 우리는 '時調詩(사조시)'라는 없던 용어를 만들어 쓰고 있는 것이다.

7. 시조의 음수·음보·장 등은 악보의 마디·절·장 등과 연관이 있는데

이는 소리 내는 시간이 제한된다는 뜻 외에 다름아니다.

8. 소리의 고저·장단·길이(시간) 등이 통제되기 때문에 노래라는 것
인데 오늘날의 시조는 노래가 떨어져 나가고 그 외형만 고수되거
나 그것마저 변형되어 가고 있는 상황이다.

9. 시조에서 3음절과 4음절이 많이 쓰이는 이유로 우리말에 3, 4음
절의 단어가 많기 때문이라고 말들 하지만 사실은 그렇지가 않다.
게다가, 한자어를 사용하지 않고는 45자 내외로 가사 작성자의 의
중을 표현해 내기란 아주 어렵다. 바꿔 말해, 한자어를 배제하고
순 우리말로 시조를 지으려면 너무나 어렵다. 뜻글자인 한자가 쓰
여야 적은 글자 수로도 의중을 담아낼 수 있다는 뜻이기도 하다.

시조에 대한 이런 본질적인 요소를 무시한 채 억지와
궤변으로써 자기주장만 늘어놓는 이들이 많으나 나는
시험 삼아 아주 짧은 시간에 시조 리듬에 의탁하여 내
생각 내 감정을 솔직하게 표현해 보았다.

-2017. 10. 21.

1. 모난 늙은이

잔소리 많아지고 말끝마다 껄끄럽네
늙은이 아니랄까 오늘따라 유별나니
모두가 돌아앉아서 돌부처가 되었네

-2017. 10. 15.

2. 잘난 늙은이

늙은이 되어가메 신경 쓰는 일도 많네
입부터 적게 열고 제 지갑 잘 열어야 해
그래야 웃음꽃 피는 자리마다 초대돼

-2017. 10. 15.

3. 말조심

누구는 바른 말을 하고도 욕을 먹고
누구는 옳은 말만 하고도 미움을 사
아무리 좋은 말이라도 덧들으니 지겹네

-2017. 10. 15.

4. 세상사

그토록 믿어왔던 진실이 무너지고
오늘의 믿음조차 내일 또 깨어질까.
도무지 알다가도 모를 썩어빠진 세상사.

-2017. 10. 15.

5. 하늘

하늘에 새털구름 참으로 오랜만이네
그동안 얼마나 바쁘게 살았는지
제대로 우러러보지 못한 내가 서글퍼

-2017. 10. 15.

6. 폭설

간밤에 소문 없이 폭설이 내렸구나
어제의 진실조차 오늘은 거짓되니
내일은 소리 소문 없이 거짓말이 참 되나

-2017. 10. 15.

7. 심보

잘난 놈 잘났다고 밉구나 싫어하고
못난 놈 못났다고 부족해 싫어하네
도대체 이놈의 심보 어디메서 나오나

-2017. 10. 15.

8. 가족여행

내일은 새벽부터 공항에 나가야해
모처럼 아들 따라 가족여행 가는데
좋아라 큰처남 선물 하수오주 마시네

-2017. 10. 15.

9. 교언영색

그놈 참 말 잘 하네 약장수 닮았구나
그놈 말 듣노라면 세상사 걱정 없네
아뿔싸 감언이설에 감쪽같이 또 속아

-2017. 10. 15.

10. 작은 섬

날씨가 무덥지도 춥지도 아니하고
하늘이 청명한 게 더없이 황홀한데
이런 날 바다 가운데 작은 섬에 간다네

-2017. 10. 15.

11. 산행(山行) · 1

구슬땀 흘리면서 정상에 올라서니
겹겹이 펼쳐지는 산 너머 또 산이네
지나온 길 험했다만 갈 길 또한 아득타

-2017. 10. 29.

12. 주목(朱木)

마침내 부러지고 넘어져 누었구나
지나온 천 년 풍파 이겨낸 주목이여
의연히 살아서 천 년 죽어 천 년 거룩타

-2017. 10. 30.

13. 늦가을

하루해 짧아지고 찬바람 불어오니
겨울을 예감하는 산천이 분주하네
초목이 붉게 물들자 사람들도 들뜨네

-2017. 11. 03.

14. 가을비

한 사흘 계속되는 궂은 비 차갑구려
이 비에 젖고 나면 단풍잎 다 떨어져
선술집 막걸리 잔만 분주하게 오가네

-2017. 10. 18.

15. 낙엽

나뭇잎 다 떨어져서 길 위에 쌓였구려
그 모습 바라보는 나 역시 가을인생
엄동설 맞아야하는 이 마음도 무거워

-2017. 11. 13.

16. 벼랑에 선 소나무

바람아 불 테면 더 세게 불어다오
그 정도 강풍으로 내가사 쓰러지나
나는야 뽑힐지언정 숨어들진 않으리

이 몸을 얼리려면 더 꽁꽁 얼리어라
이렇게 홀로 서서 동태야 되겠는가
아무렴 견디어내는 이 쾌감을 알 리 없지

-2017. 11. 14.

17. 이현령비현령

두 귀에 매어달면 귀걸이 되고말고
코에다 꿰어걸면 코걸이 되고말고
아무렴 그 좋은 것을 품고 사는 사람들

18. 산행 · 2

북한산 이 봉우리 도봉산 저 봉우리
오르고 올랐지만 오른 건 아니지요
번번이 산에 들어가 그 품안에 들었네

19. 천국도 극락도 원치 않아

여기가 천국이요 여기가 극락이라
죽어서 간다는 곳 나는야 원치 않아
언제나 절감하는 바 이 순간이 최고야

20. 겨울바람

계곡을 따라서 오르는 거친 바람
그 기세 나를 향해 몰려오는 전차군단
형제봉 정상에 서서 맞자하니 장엄해

21. 구기계곡에서

똑똑똑 떨어지는 물방울 모여들어
졸졸졸 흘러가는 물줄기 이루더니
콸콸콸 쏟아져 내리는 폭포수가 되었네

야생화 향기와 같은 생존의 비망록
−이시환의 새 시집 『솔잎 끝에 매달린 빗방울 불 밝히다』에 부쳐

이 신 현(소설가, 성결대 외래교수)

이시환 시인, 마침내 산사나이 되다

심 종 숙(문학평론가/시인)

야생화 향기와 같은 생존의 비망록

-이시환의 새 시집 『솔잎 끝에 매달린 빗방울 불 밝히다』에 부쳐

이 신 현(소설가, 성결대 외래교수)

Ⅰ.

시란 무엇인가에 대한 질문은 지금도 계속되고 있다. 시는 이런 것이라고 그 자신에게 이미 대답을 했지만 여전히 시의 본래 모습이 어떤 것인지를 찾아 사색에 잠기고 연구하는 것이 시를 가까이 하고 사는 사람들의 실상이 아닐까 생각한다. 시를 써서 상당한 문명(文名)을 얻은, 소위 전문적인 시인이라 하는 이들도 여전히 시란 무엇인가에 대하여 더 정확한 의미의 선명한 답을 얻고자 끊임없이 질문을 하고 있다는 게 필자의 생각이다. 그렇다고 해서, 시가 무질서의 산물이 될 수 없다는 것 또한 시를 사랑하는 이들은 잘 알고 있다. 사람들이 문화의 한 산물로 받아들이며, 자신의 삶에 적절하게 활용하는 시들은 그 나름의 분명한 질서를 가지고 있기 때문이다. 항상 먹어도 생존을 위해 또 먹어야 하는 음식처럼, 시도 인간의 영혼이 필요로 하는 중요한 한

부분을 분명히 채워주고 있는 것이다. 이러한 인간의 필요와 그 다수가 갈망하는 적합도에 따라서 문학의 한 지류인 시는, 그 생명의 격과 가치가 정해지는 현실 또한 사실이다. 하지만 시는 그 시를 쓴 시인의 영혼을 살려낸다는 창작의 일차적인 목적에서 볼 때 사람이 정하는 격과 가치를 떠나 저 광활한 자연 속의 한 개체처럼, 시라는 한 개체로서 그렇게 존재해야만 하는 것이 옳다고 생각한다. 그러므로 시라고 말할 수 있는 모든 시들은 인간의 영혼에 관계되는 그 역할이 있는 만큼 세상에 존재하는 모든 이들에게 읽혀져야 한다. 하지만 인간이 만들고 있는 삶의 여러 사정들에 의해서 모든 시들은 모든 인간들에게 읽혀지지는 않는다. 어떤 시인은, 이 시대의 한국 시 독자는 오백 명 정도밖에 안 된다고 말했다. 이러한, 소위 시의 소외는 읽기보다는 시각적 만족을 부추기는 디지털 문명의 발전과 함께 더욱 가속화되는 분위기이다. 그래서 혹자들은 시의 미래가 직면할 운명에 대해 아주 절망적인 이야기를 하지만 시의 운명에 관해서는 인간의 내일을 모르는 것처럼 함부로 속단해서는 안된다. 문학은 인간이 지상에 존재하는 한 그 역할을 결코 포기하지 않을 것이기 때문이다.

이시환의 시들은 시를 가까이 하는 이들에게 시의 미래와 관련된 어떤 영감을 부어준다. 그의 시 속에 흐르는 생(生)에 대한 끈질긴 생명력은, 시와 시인, 시를 읽는 이들에게 시의 역할과 함께 그 존재의 당위성을 말해주고 있다.

이시환은 그의 「서시(序詩)」에서 다음과 같이 노래하고 있다.

> 가까이 있어 보이지만
>
> 막상 뚜벅뚜벅 걸어서 가노라면
>
> 다가서는 만큼 달아나는 듯하고
>
> 아득히 멀어만 보이지만
>
> 끝내는 당도하게 마련인
>
> 저 눈부신 설봉(雪峯)과도 같이
>
> 멀리 있기에 아득하고
>
> 아득하기에 더욱 그리워지는,
>
> 그리움 간절해지기에 가까이 다가서고 싶고
>
> 다가서고 싶기에 오늘도
>
> 나는 꿈을 꾸는가.

이시환의 「서시」는, 인간이 그리는 생에 대한 궁극의 염원과 푯대에 관하여 말하고 있다. 그것이 현실에서 갈망하는 삶의 열매이든, 영혼이 찾는 해탈의 극치이든, 저 기독교에서 말하는 영원한 자유의 빛이든 인간은 누구나 생래적으로 그것을 갈망한다. 누군가는 그것 때문에 종교가 탄생했다고 말한다. 이시환은 이러한 인간의 본래적인 심중(心中)의 욕구가 지향하는 목표를 눈부신 '설봉(雪峰)'으로 비유하고 있다. 그리고 그 설봉은 언제인가는 당도하는 목적지로 생각한다. 낙관적인 자신감이다. 이것은 그 나름의 생에 대한 긍정적인 관점일 수 있다. 인간의 목표는 언제인가는 그가 꿈꾸는 대로 이루어진다는 그의 인생관일 수 있기 때문이다. 그렇지 못한 듯 보이는, 이 세상의 수많은 인간들의 삶이 주위에 가을 노변의 낙엽처럼 무수히 널려져 있지만 '끝내는 당도하게 마련인 저 눈부신 설봉(雪峯)'으로 인간의 이상을 긍정하는 것이다.

그러나 그 다음 연으로 내려가면 그의 그러한 긍정적이고 자신감 넘치던 이상은 현실과 예술의 한 공간으로 내려와 그의 시가 안고 있는 하나의 독특한 이미지를 형성한다. '멀리 있기에 아득하고/아득하기에 더욱 그리워지는/그리움 간절해지기에 가까이 다가서고 싶고/다가서고 싶기에 오늘도/나는 꿈을 꾸는가.' 빛나는 설봉은 1연의 낙관적인 시선에서 상당히 멀어진 아득히 먼 곳에 있다. 그래서 올라야 할 그 흰 빛의 봉우리는 더욱 그리워진다. 그리고 거기에 이르고 싶어서 오늘도 꿈을 꾸는 것이다. 앞 연에서는 결국 오르게 되는 그 하얀 봉우리가 이제는 그리움과 꿈속에서 시어(詩語)를 통해 먼 이상의 세계로 다가오게 된다. 결국은 오르게 될 그 궁극의 이데아는 어쩌면 다만 갈망과 꿈에 그치는 저 플라톤의 아틀란티스(Atlantis)나 토마스 모어의 유토피아(Utopia)처럼 될 수도 있다. 그리하여 결국엔 저 존 스튜어트 밀의 디스토피아(Dystopia)로 전락될 수도 있다. '오늘도 나는 꿈을 꾸는가'라는 그의 반 자조적인 언어는, 유토피아와 디스토피아의 내용이 반반인 뉘앙스의 빛깔이다. 이것은 시인이 알고 있는 인생과 그 결말을 시적으로 드러낸 언어라고 볼 수 있다. 인간이 오르고 싶어하는 설봉은 모두가 오르고 싶어 하고, 오를 수도 있는 낙관적인 생의 봉우리이다. 인생은 그렇게 출발해야 하고 그렇게 믿으며 살아가야 한다. 그리고 그렇게 말하는 사람도 있었다. 이를테면, 예수는 죽음 직전에 십자가 위에서 '다 이루었다'(성서 요한복음 19:30)라고 말했다. 이처럼 사람의 꿈은 이루어질 수도 있다. 그러나 시인의 심상에는 그러한 완성이란 하나의 흔들리는 물 위의 나무그림자이다. 그는 인생을 살아보았고, 그의 지성은 인간의 영혼이 어떤 형태로 되어 있는지 어느 정도는 안다. 무엇을 던져 넣어도 결코 만족할 수 없는 깊은 웅덩이가 인간의 영혼에 음부처럼 자리하고 있다는 것을 그는 알고 있다. 그러므로 설령 인간이 헬리콥터를 이용해 세상에서 가장 높은 봉우리에 올랐다 하여도 저 빛나는 마음의 설봉에는 여전히 이르지 못했을 것이다. 하지만 시인은 여전히 그 봉우리를 그리워하고 그 봉우리에 오르고자 하는 꿈을 꾼다. 그리고 저 빛나는 설봉을 향하여 걷는다. 이시환의 시에서 '걷는 것'은 굉장히 중요한 의미를 지닌다. 이것은 그의 시들이 시의 운명을 암시하고 있는 것과 가장 밀접한 관계를 지닌 언어이며 이미지이다.

그는 그의 「서시」 초연에서 '가까이 있어 보이지만/막상 뚜벅뚜벅 걸어서 가노라면'이라고 표현했다. 그는 걷는 사람이다. 그리고 그가 생각하는 정상적인 인간들은 모두 다 걷는 사람들이다. 인간은 저 빛나는 설봉을 걸어서 간다. 우주선을 타고 가든, 비행기를 타고 가든, 다른 어떤 교통수단을 이용해서 그 흰 봉우리를 향해서 가든 살아 있는 정상적인 인간은 역시 그런 수단들을 통하여 걷는 것이다. 앞으로 나아가는 것이다. 그의 시 「숲속의 길을 걸으며」는 제목부터가 걷는 것이다. 시의 첫째 연 역시 '수없이 걷고 걸어서/눈에 익고/발에 익은/똑 같은 길이련만'으로 표현되고 있다. 그리하여 나머지 연들은 다음과 같이 이어진다.

내 마음 빛깔 따라

보이는 것들이 사뭇 달라지는

숲속의 세상 신비하고

내 마음 눈빛 따라

안겨드는 것들이 또한 달라지는

숲속의 세계 하, 신기하구나.

평생 키워 온

내 시전(詩田)의 묵언(默言)도

보고 듣는 이의 마음결 따라 달라지는

하나의 세상을 품고

하나의 세계를 가지는,

울창한 숲속의 오솔길처럼

크고 작은 풀꽃들을 내어 놓으며,

누군가의 발에 익고

눈에 익었으면 좋겠네.

　저 빛나는 설봉을 향한 그의 발걸음은 이 지상이라는 여러 경로를 통해서 계속 앞으로 나아간다. 그는 한 때 '고독한 섬'들을 떠올리는 시들을 썼었다. 그러나 그러한 고독의 땅에도 걸어서 갔었다. 바위 위에서 가부좌를 틀고 득도를 갈망하는 도승처럼 외로운 시절을 보냈지만 그 시절을 보낸 그 장소조차에도 걸어서 갔던 것이다. 그런데 이제 그의 걸음은 설봉과 한껏 가까워진 '숲'에 이르렀다. 이곳에서 그의 눈에 비친 세상은 '하나의 세상을 품고/하나의 세계를 가지는' 맑고 깨끗한 곳이다. 신선한 공기와, 태고 적의 비밀을 여전히 간직한 듯 저 광활한 우주로도 이어질 것 같은 오솔길과 여기저기 피어 있는 풀꽃들은 오염되지 않은 생명의 신비를 간직하고 있다. 이제 그는 자신의 시들이 다른 영혼들의 발걸음에 숲의 향기와 생기를 불어넣어주는, 그런 힘이 있기를 염원한다. 그는 여기서도 인생과 걸음을 특별한 유념 없이 나타내고 있다. 그의 시 「낡은 신발을 바라보며」는 그의 시가 지니고 있는 '걷는 것'의 의미와 그 시적인 이미지를 보다 노골적으로 아주 명료하게 드러내 놓고 있다.

그래, 이 두 발로써
걸을 수 있을 때까지 걷고
갈 수 있는 곳까지 가보련다.

그것이야말로
내 스스로 짊어진
운명이자 축복이라 여기며,

오늘도 어제처럼 설레는 마음으로,
때로는 두려운 마음으로
길을 나선다,

이런 발걸음조차 언젠가는

줄이 뚝 끊어지듯 멈추어 버리는

그 순간이야 오겠지만

길 위에 찍히는 발자국이

아무리 초라해도, 화려해도,

부인할 수 없는

내 생명의 숨이었다는 사실을 새기면서

나는, 두 발로써

걸을 수 있을 때까지 걷고

갈 수 있는 곳까지 가보련다.

　사실, 이시환의 「낡은 신발을 바라보며」는 그의 시 전체를 꿰뚫어보고 가늠해 볼 수 있는 아주 처연하고 장엄한 결단이 깃들어 있는 작품이다. 그리고 시의 미래를 엿볼 수 있는 망원경을 제공하는 시이기도 하다. 그는 그의 두 발로써 걸을 수 있을 때까지 걷고 갈 수 있는 곳까지 가보겠다고 말한다. 그리고 그것이야말로 그 스스로가 짊어진 운명이자 축복이라 여기겠다고 말한다. 길 위에 찍히는 발자국이 아무리 초라해도, 아무리 화려해도, 부인할 수 없는 자신의 생명의 숨이었다는 사실을 새기면서 갈 수 있는 곳까지 가보겠다고 비장한 결의를 내보이고 있다. 시인이 자기의 발걸음에 대하여 이렇게까지 분발을 다지고 스스로의 전진을 촉구하는 경우는, 다시 말해, 특별히 한 편의 시를 통하여 내뿜는 사자후(獅子吼)란 일찍이 없었던 것 같다. 이시환의 이러한 혹독한 결단과 비장한 결의는 오늘 이 시대의 시 세계와 시단의 실상, 시의 운명을 말해주는 것임을 잊지 말아야 할 것이다. 시를 사랑하는 혹자들은, 시가 언제부터인가 자기 본래의 사명을 망각한 방향으로 장맛비 속의 흙탕물줄기처럼 제멋대로 흐르는 양상을 보이고 있다고 말한다. 주류라고 자칭하는 평단(評壇)조차도 자기들의 입맛에 맞는 시들을 고르고 어르며 자기들의 관점이 제일인 양 시인들에게 갈등을 조장하는 모습을 보인다고 말한다. 띄워주기와 자리 잡아주기(?)의 어설픈 문학 고공 쇼를 통해 교묘한 언어의 비즈니스를 즐기고 있는 모습을 보이고 있다는 것이다. 저들에게서 예술이 지향하는 실험정신과 미의 극대화는 사라진 지 오래이고, 이제 지적 유희를 즐기는 고급스러운 패당만 남아 있는 양상이라는 것이다. 시의 독자가 계속 감소하는 데는 저들의 부정적인 역할도 크다는 것이다. 일면, 일리가 있는 말이긴 하지만 주류니 비주류니 하면서 시를 사랑하는 사람들을 패거리로 싸잡아 나눌 필요는 없을 것이다. 분명한 현상은 여러 이유로 시인들이 시인들을 차별하는 현실에 이르렀다는 것이다.

　중요한 사실은, 시인들이, 일명 주류라고 말하는 이들의 눈에서 벗어났다고 해서 시인들의 발걸음이 멈추어지지 않는다는 사실이다. 어쩌면 시들은 더 가혹하게 시인들의 영혼을 채찍질하여 가슴을 뜨겁게 데우고 저들의 무릎들을 일으켜 세울 것이다. 저들의 두 발들이 일어서도록 만들 것이다. 그리고 걷게 만들 것이다. 설봉을 향해 걷는 이시환의 발걸음은, 그런 발걸음의 대표적인 모습 중 하나라고 하면 비약된 시선일까?

그러나 그의 시에는 그런 야성이 분명히 내재해 있다. 시는 맨 먼저 시인에게, 그가 끈질긴 생명력으로써 자신의 노래를 부르면서 이 험한 야생의 박토(薄土)를, 때로는 개간하며, 어떤 때는 새 씨를 뿌리며, 물론 그 나름의 수확도 하면서 걸어가도록 만들어 준다. 그리고 그 시를 읽는 독자들에게도 그 생명력을 언어의 향기를 통해서 불어넣어주는 것이다. 이런 구도에서 보면, 시는 이 지상에 종말이 임하는 날까지 계속 나타날 언어의 미학임이 분명하다. 인간들이 생존을 위해 이 지상의 인생길을 걷는 한, 걷는 인간의 시야에, 영혼의 눈에 저 빛나는 설봉이 보이는 한, 시는 계속 시인들을 닦달하며 그의 노래를 부르라고 말할 것이다. 그리하여 설봉을 바라보는 영혼들에게 삶을 좀 더 의미 있고 역동적인 스토리가 있게 살아보라며 희망과 용기를 북돋아줄 것이다.

II.

　　사람이, 사람이 그리워지는
　　첩첩산중에 들고 싶네.

　　사람이, 사람이 그리워지는
　　황량한 사막
　　깊은 골짜기로 들고 싶네.

　이시환의 시「깊어가는 병」이다. 시인은 사람이 그리워지는 첩첩산중으로 들어가고 싶다고 말한다. 사람을 그리워하기 위하여 황량한 사막 깊은 골짜기로 들어가고 싶다는 것이다. 이 내용은 절박한 반어법으로 그는 지금 사람이 귀찮아지고 싫어지는, 자신이 원하지 않는 병중 가운데 있다는 것을 솔직하게 표현하고 있는 것이다. 그래서 시의 제목을 '깊어가는 병'으로 정했을 것이다. 그는 왜, 사람들이 싫어지고 귀찮은 존재로 느껴지는 것일까? 그의 시들을 세세히 살펴보면 사람에게서 염증을 느끼는, 그의 의식이 한 줄에 꿰어 있는 구슬들처럼 연결되어 있음을 발견하게 된다. 그의 연작시 산행일기는 모처럼 그가 만난 그리웠던 친구들과의 이야기와 그 기쁨들로 가득 차있다. 「산행일기 · 1」에서는 '바람 거친 칼바위능선 길에/진달래는 더욱 붉고/가뭄에도 견디어내는/깊은 계곡 숲속에는/새들이 더욱 분주하네.'라고 말한다. 칼바람 능선 길의 진달래와 계곡 숲속의 새들은 모처럼 만난 그리웠던 친구들이다. 「산행일기 · 9」에서는 '다람쥐 한 마리가/보름달 같은 뻥튀기 한 장을 들고/갉아 먹느라 삼매에 빠져/가까이 다가가도 눈치 채지 못하고//백운봉 밑 깊은 계곡에 까마귀들은/먹고 사는 일로 투쟁중인 듯/요란스레 소리 지르며/나무와 나뭇가지 사이를 넘나드는데…'라며 다람쥐와 까마귀를 등장시킨다. 까마귀들이 먹고 사는 일들로 다투는 것 같지만 시인은 그들마저도 모처럼 만난 그리웠던 친구들로 그리고 있다. 그의 시 「간지럼」은 그가 그리워하고 있는 것들만이 아니라 그가 그리워하는 장소가 어떠한 곳인지를 유추하게 만드는 내용을 다음과 같이 형상화하고 있다.

크고 작은 꽃들이 저마다

피어날 자리에서 형형색색 피어나듯이

계곡의 물이 하도 맑아

내 옷을 벗고 슬그머니 용소(龍沼)로 들어가니

환영한다는 뜻인지,

탐색하는 것인지,

아니면, 먹잇감으로 여기는 것인지,

내 몸을 에워싸고 사방에서 입질을 해댄다.

그래도 이곳이 자기들 세상이라고

이 작은 물고기들이 호기심을 내어

낯선 내게로 다가오는 게 싫지는 않다.

이제, 그만들 하거라!

간지럽다, 이 녀석들아,

이 순간만은 나도 너희들처럼

한 마리 산중의 물고기이외다.

이 깊은 산중에서 꾀를 벗고

너희들과 함께 노는 나를 본 사람은

아마도 없을 것이다.

설령, 누가 몰래 훔쳐보았다 해도

나의 간지럼까지야 보았겠는가.

　　그는 모처럼 꾀를 부리며 세상을 살아가야 하는 한 사람의 인간으로서 옷을 벗고도 부끄러움 없이 장난을 칠 수 있는 장소를 발견하였다. 그리고 그리로 들어갔다. 산중의 물고기들이 달려들어 그를 간지럼 태웠지만 그는 그 간지럼이 재미있고 즐거웠다. 왜냐하면, 간지럼을 태운 그 물고기들은 그가 그리워했던 생명체들이었기 때문이다. 비록, 사람이 아닌 산중 물고기로 그 대상이 대체되었지만 그는 모처

럼 상쾌한 시간을 보냈다. 내밀한 즐거움을 만끽했던 것이
다. 우리가 그 시인의 내면을 들여다봄으로써 그가 추구하
는 미학의 방향(方向)을 알아보고, 그 방향(芳香)을 깊게 흡입
기 위해서는 그의 의식이 조준하고 있는 대상과, 마침내 쓰
러뜨린 그 대상의 이미지를 분명하게 확보해야 한다. 그리
하여 그 이미지의 기능을 분석해야만 한다. 시에서 이미지
는 언제나 기능성(機能性)을 전제하고 있다. 이런 점에서 볼
때 이시환의 산행은 하나의 분명한 이미지를 그리게 한다.
그리고 그 이미지의 표상은 그리워하는 것들을 만나러 가는
움직임으로 나타난다. 산행 역시 그의 시에서 문제시 되고
있는 '발걸음'의 일부인데 그 걸음은 세속사회에서는 만날
수 없는 그리운 사람들을 만나러 가는 발걸음인 것이다. 그
러나 그의 지성은 잘 알고 있다. 산에는 그가 진실로 그리워
하는 사람이 없다는 것을. 그러나 산에는, 본질적으로 그 자
신을 포함해 염증을 유발시키는 인간을 대체시킬 수 있는,
많은 그리운 것들이 존재한다. 풀이며, 꽃이며, 나무며, 산
에 사는 온갖 미물과 생명체들이 그것들이다. 이시환의 시
가 단순히 이러한 차원에서 발걸음의 미학을 종료시킨다면,
그의 시는 시로서의 생명력을 크게 상실할 것이다. 왜냐하
면, 그의 산행은 역겨운 인간들을 떠나 맑고 고요한 세상으
로 도피하는 낙오자의 발걸음이 될 것이기 때문이다. 여기
서 시인이 그리워하는 사람들을 좀 더 심도 있게 천착(穿鑿)

할 필요성이 제기되는 것이다.

그가 그리워하는 사람들은 어떤 사람들일까? 그의 시 「잔인한 소리」는 다음과 같이 말하고 있다.

정의, 민주, 그 좋은 말들을 외치는
광화문의 촛불시위도 잔인하다.

속을 뒤집어 까발리는 쾌감을 만끽하며
혀끝을 놀리는 언론도 간교하고 잔인하다.

사람의 죄를 묻고 캐는 자들도,
법에 따라 단죄하는 자들도 잔인하긴 마찬가지다.

거짓말하는 줄도 모르고
거짓말을 일삼는 자들은 더욱 간악스럽다.

권력이란 칼을 쥐고서
춤을 추는 자들도 또한 추악하다.

제 한 몸 살겠다고 간에 붙었다
쓸개에 붙었다 하는 자들을 말해 뭣하랴.

잔인하지 않으면,

추악하지 않으면 살 수 없는 세상이다.

모두가 같은 생각,

같은 감정을 갖고 사는 일도 끔찍하다.

다 내가 잔인하기 때문에

내 마음이, 내가 하는 일이 잔인한 줄 모를 뿐이다.

　이 시에서 유추해볼 수 있는 시인의 그리운 사람은 잔인
하지 않는 사람이다. 광화문 촛불 시위가 타락한 정권을 물
러가게 하는 힘이 되었다고 말하지만 그의 눈에 보이기로는
그들 역시 잔인한 사람들이다. 언론인, 법조인, 정치인, 이
것도 저것도 아닌 박쥐같은 인간들도 같은 부류이다. 세상
살이가 잔인함을 요구하기 때문에 세상에 사는 모든 인간들
은 잔인하며 그가 그리워하는 사람들과는 정 반대의 인간
들이다. 잔인하지 않은 인간은 '인자한' 사람인데, 아직 그는
이런 사람을 만나지 못했다. 그의 시 「주목(朱木)」은 그가 의
인화한 주목이 그가 그리워하는 사람인 것을 말해주고 있
다.

　　겉과 속이 다르지 않은

너의 일편단심, 그 붉은 마음을 두고
사람들은 붉은 나무, 주목(朱木)이라 하는가.

비바람이 몰아쳐도 먼저 나아가 맞고
폭염이 내리쬐어도 온몸으로 맞서지만
엄동설한에도 먼저 나아가 알몸으로 맞서는
너의 숙명적인 천성을 어이할거나.

죽을 때 죽을망정
사는 것처럼 뜨겁게 사는,
아니, 살아있는 것처럼 뜨겁게 살아가는 너,
너를 볼 때마다 비겁한 나는,
삼가 고개를 숙일 수밖에 없구나.

비록, 부러지고, 꺾이고, 뒤틀렸어도,
아니, 속까지 다 파헤쳐져 텅 비었어도
꿋꿋하게 서서 숨이 멎는 그 순간까지
살아있는 한 사는 것처럼 살아가는 너,
그런 너를 볼 때마다 나는,
삼가 고개를 숙이며
부끄러운 내 삶을 떠올리네.

시인이 그리워하는 사람은 겉과 속이 다른 표리부동(表裏不同)한 인간이 아니다. 겉과 속이 같은 언행일치(言行一致)의 사람이다. 아무리 위험한 상황이라 해도 슬며시 뒤로 빠지지 않고 담대히 앞장서는 헌신과 희생의 사람이다. 미지근한 인생이 아닌, 사는 것처럼 사는 뜨겁고 화끈한 정열적인 사람이다. 신산고초로 육체가 망가지고 마음이 찢어질 만큼 시련이 컸지만 자신의 생명을 지탱하며 끝까지 굳게 서는 자기의 정체성이 분명한 사람이다. 시인은 그리운 사람의 이미저리를 통해 세속에 절어 방황하는 현대인들에게 자성의 음성을 들려준다. 시가 해야 할 교훈의 매를 들어 이 타락한 현대인들의 의식을 깨어나도록 한 번 자극하는 것이다. 그러나 시인은 자신이 교사가 아니라 너를 그리워했던 사람이라는 것을 '너를 볼 때마다 비겁한 나는/삼가 고개를 숙일 수밖에 없구나'와 '그런 너를 볼 때마다 나는/삼가 고개를 숙이며/부끄러운 내 삶을 떠올리네.'로 고백한다. 주목을 통한 시인의 은유는 시인의 내면 깊숙한 곳에 자리한 사람에 대한 염증의 실체를 알게 해준다. 그리고 시인 자신도 인간에게 병증을 가져올 수 있는 저 인간들 중의 일부라는 역설적인 분위기를 시화(詩化)한다. 이시환의 시가 지닌 매력 중의 하나는 여기에 있다. 그는 솔직하다. 표현도 솔직하고 고백도 진실하다. 자신이 한 인간임을 포장하지 않는다. 시인은 자칫하면 솔직하지 못하는 방향으로 나아갈 수 있다.

이름을 얻어 유명해지면 그 위험성이 더 커질 수 있다. 시어와 마음이 따로 노는 진귀한 이미지즘이 그의 의식을 사로잡을 수 있기 때문이다. 이시환 시인은 그런 '위선의 가죽'을 거리낌 없이 그의 시어를 통해서 벗겨 내버린다. 독자에게는 소통의 통로를 활짝 열어주고, 시인 자신에게는 의식적으로 보다 자유로울 수 있는 빌미를 제공하는, 아주 통쾌한 모습이다. 여기서 그의 발걸음의 미학은 역설과 해학이라는 인생의 미로를 향해 계속 앞으로 전진하는 것이다. 이미 드러난 허약한 인간의 실상, 두 얼굴로 살아가는 시인 자신의 모습, 하지만 그는 또 발걸음을 옮기는 것이다. 이목구비와는 달리 마음은 별로 차이가 없는 이 세상의 모든 사람들 사이에서 산을 오르고, '독도(獨島)'로 가는 것이다. 필자가 알기로는 그는 여행을 좋아하는 사람인데, 이 시집에서는 하와이로도 간다. 이러한 그의 발걸음의 미학에서 주목할 점 하나가 있다. 그는 그의 시 「단상 · 1」에서 다음과 같이 노래한다.

> 생명이란 그 자체가 욕구요,
>
> 살아있음이란 그 욕구를 충족시켜가는
>
> 활동에 지나지 않음이니
>
>
> 인류사가 그러하듯

우주 자체가 욕구충돌사이며,

그것의 결과가 생멸을 거듭하는

'진화(進化)'라는 과정일 뿐이라네.

그는 '우주 자체가 욕구충돌사이며/그것의 결과가 생멸을
거듭하는/'진화(進化)'라는 과정일 뿐이라네.'라고 말한다. 이
시대로라면 시인은 다윈주의자이다. 발걸음은 인간의 기원
을 설명한 학설 중 다윈주의와 가장 걸맞는 이미지이다. 진
화는 일차적으로 계속 나아감의 의미를 지니고 있기 때문이
다. 다윈주의는 실존주의와 궤를 같이 하는 허무주의의 능
선 위에 있다. 지상에 존재하는 모든 것들은 우연의 산물로
서 욕구를 가지고 사는 과정에서 충돌하고 그 충돌에서 생
존하는 자가 존재한다는 철학이다. 그는 그의 시「그저 욕심
일 뿐」에서 다음과 같이 말한다.

순금으로 된 땅 위를 걷고

칠보로 장식된 대궐에 살며,

수레바퀴만한 연꽃이

일곱 가지 빛깔로 피어있다는

크고 작은 연못을 내려다보며,

아무리 마셔도 배탈이 나지 않는

강물과 호수의 맑은 물이 넘실대고

사시사철 먹어도 갖가지 과일이 줄지 않으며,

시도 때도 없이

아름다운 새들의 노랫소리 들리고

부드러운 실바람 불어오며

천상에서 꽃비가 내리는 그곳!

그곳 사람들에게는

나쁜 마음조차 일지 않는다는

그런, 그런 곳이 다 있다네.

그곳이 바로 사람들이 꿈꾸는 천국이요,

천상의 극락이라.

사람들은 한사코 그런 곳에서

죽지 않고 영원히 살기를 원하는데

그 얼마나 허황된 욕심이며,

끔찍한 꿈이란 말인가.

시인에게 있어서 종교는 인간의 욕심이 창안한 이데아의
정원들을 모아놓은 가상의 하우스들이다. 이런 점에서 볼 때, 그의 빛나는 설봉은 사실상 지상적인 것이다. 시를 통해 발현되는 그의 걸어감의 미학은 이 세상의 땅 위에서 끝나는 것이다. 그렇다면 시인이 꿈꾸는 빛나는 설봉에의 갈망과 종교인들이 꿈꾸는 극락이나 천국에의 확신은 어떤 차이가 있는 것일까? 그의 시들은 그것이 같다고 말한다. 그의 시「홍시 하나」에서 그는 다음과 같이 노래한다. '어느 날 나는/낟알 곡식 몇 알씩을 먹고도/얼굴에 광채가 났다던/수행중인 고타마 시타르타를 떠올렸다.//어느 날 나는/감나무 가지 끝에 매달린 홍시를 쪼아 먹고도/엄동설한을 가볍게 날 수 있었던/집안의 까치들을 떠올렸다.//어느 날 나는/살생하지 않겠다고 달걀은 말할 것 없고/식물의 뿌리조차도 먹지 않았던/피골이 상접한 인도의 수행자를 떠올렸다.//어느 날 나는/살아가는데 필요 이상으로/너무 많이 먹는다는 생각이 들었다.//몸을 좀 더 가볍게/눈을 좀 더 해맑게/살아갈 수는 없을까.//깨끗해지고 싶다./투명해지고 싶다./가벼워지고 싶다.' 수행승들의 고결해지고자 하는 욕망이나 시인이 맑고, 투명하고, 깨끗해지고자 하는 욕구는 동일하다고 그는 말한다. 감나무 끝에 달린 홍시 하나를 쪼아 먹고도 엄동설한에 공중을 가볍게 나는 까치는 인간들보다 우위에 있는 득도의 달인(達人)과도 같은 존재이다. 이러한 시인의 관점은 다음과 같은 쇼펜하우어의 관점과도 맥락을 같이 하는 것이다. '살려고 하는 가장 완전한 현상은 인간의 유기체라는 저토록 절묘하고도 정교하고, 복잡한 장치 가운데 나타난다. 그러나 이것은 역시 어느 땐가는 티끌로 변하여 괴멸되어야 할 것이다. 따라서 이 현상의 전 존재와 일체의 노력은 결국 눈앞에서 무(無)로 돌아갈 것이다. 예컨대, 살려고 하는 이 의지의 일체의 노력은 본질적으로는 허무하다는 것이다. 이것이 어느 때이든 진실하고 솔직한 대자연의 소박한 고백이다.' 시인에서 있어서 종교는 살려고 하는 인생들의 정교하고, 절묘한 한 장치에 불과하다. 알고 보면 까치만도 못한 연약함을 지닌 인간인데 살려고 하는 인간의 의지는 이 화려한 세상 문화를 만들고 인공위성을 저 광활한 우주로 쏘아 올리는 것이다. 시인은 이런 세상을 만든 인간들 가운데 선 한 인간으로서 맑고, 투명하고, 깨끗해지고자 하는 꿈을 가지고 있다. 사실, 이 꿈은 빛나는 설봉을 향한 꿈과 동일선상에 있는 꿈이다. 그가 꿈꾸는 희고 고운 봉우리는 맑고, 투명하고, 깨끗한 곳이다. 탐욕 투성이의 인간들이 아직 오르지 않은 곳이다. 여기서 이시환 시인의 시가 갖는 특징이 적나라하게 그의 모습을 나타내 보이는 것이다. 그의 산행(山行)이나, 독도행이나, 사람이 그리운 골짜기행이나, 저 외국 여행길이나 그는 자연 그대로의 파라다이스를 계속 갈망하는 것이다. 어쩌면, 그 자신도 영원히 그곳에 설 수 없을지 모르지만, 그래도 그는 일단 배낭을 걸머지고 길을 떠나는 것이다. 그 곳을 향하여 발걸음을 옮기는 것이다. 그는 이런 행동을 통해 일회성의 지상의 삶을 계속 긍정하는 것이다. 그는 소설가 까뮈가 설파한 부조리 철학을 그대로 수용하고 있는 셈이다. 인생이 의미와 가치를 지니고 인간이 일구는 사회가 이성적이기를 바라는 주관적 의지가 있음에도 불구하고, 인생은 근원적으로 무의미하고 불합리하다. 살아 있는 것 같지만 앞에는 결코 비켜갈 수 없는 죽음의 강이 기다리고 있다. 인간은 결국 허무하게 사라지는 허망한 존재이다. 영원한 미래가 없는 유한한 동물이다. 이 두 골짜기 사이의 공간을 아는 데서 삶의 모순이 생긴다. 그러나 이 부조리한 생의 무의미를 그대로 받아들이며, 부조리하기 때문에 더욱 열심히 내게 주어진 인생길을 걸어가야 한다는 명석한 인식이 필요하다. 그러나 이 세상에는 이것을 인식하지 못하는 많은 사람들이 많다. 인식하였다 하여도 한 번뿐인 지상의 삶에 과도히 애착하는 인간들도 많이 있다. 이들의 욕망은 시인을 세상 밖으로 몰아낸다. 그래서 그는 결코 만날 수 없는 그리운 사람을 찾아서 길을 떠난다. 떠나보아야 뾰족한 수가 없는 것을 알지만 아직도 인내와 수용의 기반이 허술한 자신의 연약함으로 인해서 발걸음을 옮기는 것이다. 그래도 그곳에 가면 금방 떠나버릴 것들이지만, 위안의 요소들이 있기 때문이다. 그의 이러한 발걸음의 미학은 "사랑하는 자들아, 거류민과 나그네 같은 너희를 권하노니 영혼을 거슬러 싸우는 육체의 정욕을 제어하라"(성서 베드로전서 2:11)는 내용과 연결되는 부분이 있다. 그의 발걸음은 다분히 나그네의 표상이기 때문이다. 이시환의 시는 이러한 메시지를 평범한 언어로 전달한다. 그리하여 그와 생각을 같이 하는 영혼들에게서 생에 대한 긍정의 대답을 얻어낸다. 이것은 다원주의가 포효하는, 맹수의 야영지인 이 황량한 지상에서 그의 시가 얻어내는 큰 효과이다. 아래는 그의 시「자화상·2 -작은 산국(山菊)에 부쳐」이다.

세상 속에 살면서
늘 세상 밖을 꿈꾸었네.

한 때는 의욕이 넘쳐
물 밖으로 뛰쳐나온 물고기처럼 파닥거렸지만

나의 몸부림은 말이 되지 못한 채
소리 없는 메아리 되었네.

　그의 시를 읽는 이들은 이제 헛된 꿈을 꾸지 않으려고 노력할 것이다. 힘이 있다고 생각하는 시절에도 자신의 힘을 신뢰하여 허망한 욕심대로 말하거나 행동하지 않을 것이다. 물고기가 물을 나오면 죽는다는 사실을 자신에게 선명히 각인시키고 자기의 길을 조심히 걸을 것이다. 헛갈리는 생의 부조리 앞에서도 그것을 겸허히 받아들이고 자신에게 주어진 길을 성실하게 걸어가야만 할 것이다.

Ⅲ.

예술에 있어서 창조성과 보편성의 문제는 당연히 존재하는 문제이면서도 막상 그 가치를 측정해보려고 할 때엔 상당히 어려운 문제가 될 수밖에 없다. 그 작품의 미적인 판단 기준은 근본적으로 창작자 자신에게 있다. 주관적인 것이다. 그러나 그것이 당위성을 확보하고 하나의 작품으로 존재하기 위해서는 그것을 평가하는 다른 이들의 관점이 작용할 수밖에 없다. 객관성이 더해지는 것이다. 바로 여기에서 그 작품의 품격과 질, 이를테면 영향력이 산정되는 것이다. 이것은 예술이 가지고 있는 신비한 영역이자 냉혹한 영역이며, 그것을 명료하게 규정하는 일은 매우 어려운 일이다. 그러면서도 좋은 작품은 결국 알려지게 되고 사랑 받게 된다는 질서를 예술가들은 믿고 있다. 그리고 역사는 그것을 증명하는 모양새를 보이고 있다. 이 지상에 존재하는 아름다운 풍광이 결국은 드러나는 것처럼 자연의 모방에서 출발한 예술작품도 그 영역 안에 있다는 것이다. 유의할 점은 인간은 때때로 실수를 하기도 하며, 아직 열려지지 않은 의식이

나 눈 때문에 미처 그 아름다움을 알아채지 못하는 경우도 있다는 것이다. 그래서 작가의 사후에 그 작가의 작품들이 알려진 경우도 많다. 비록, 지금은 무명(無名)이나 앞으로 좋은 작품을 쓴 유명한 사람들로 드러날, 수많은 예술가들이 우리 주위에, 이 세상에 존재하고 있다는 것을 믿는 일은 모든 예술가들이 가져야 할 당연한 마음일 것이다. 또 이 마음이야말로 자기 예술을 창작하는 일에 힘을 불어넣어주는 중요한 동력이 될 것이다.

이시환의 시들은 독자들의 관점에서 볼 때 지금 어디에 와 있는가? 우리들은 그의 시를 보다 효과적으로 읽기 위하여 이 질문을 한 번 해볼 필요가 있다. 한 예술가의 작품은 감히 평가해보려고 할 때 가장 먼저 보게 되는 것은 그 작품 속에 담겨 있는 그 예술가의 자기 예술에 대한 진정성이다. 그가 진정으로 자기의 시를 사랑하고 시를 통하여 인간으로서의 한 사명을 감당하려고 했다면 거기엔 틀림없이 그 시인의 치열하고, 때로는 처절하며, 때로는 그 스스로를 거기에 눕히는 일체감이 존재할 것이다. 이런 그의 삶은 필연적으로 그의 시들을 통해 독특한 그만의 형상으로 이미지화될 수밖에 없다. 그리하여 그 이미지들은 재료들만 다르지 하나의 통에 담겨진 물건들처럼 분명한 통일성을 보일 것이다. 시인이 보이는 그 시인의 통, 그 통이 삼각형이든, 네모이든, 길든 짧든, 깊든 얕든, 하얀 색이든 검은 색이든 상관 없다. 통이라는 모양으로 보인다는 게 중요하다. 소위, 대가(大家)들이라고 하는 예술가들에게서는 이러한 그들 나름의 통이 다 보인다. 예를 들면, 소월은 한(恨)이라는 그만의 통을 들고 나와 독자들의 마음을 흔든다. 그 통을 선명히 보이는 시인은 틀림없이 자신의 시밭(詩田)을 충실하게 가꾸었다는 증거를 대고 있는 것이다. 이들은 자신들의 전 존재를 자기들의 시에 참여시켰다고 우리들은 믿는 것이다. 감동을 주는 저 자연의 아름다운 풍경들이 그들의 모습 전부를 우리들에게 그대로 내보이는 것과 같은 이치이다. 여기에서 그 시인은 자연스럽게 역사성을 획득하게 된다. 그는 그 시대의 한 생명체로서 그에게 주어진 역할을 충실하게 해냈기 때문이다. 역사성의 획득은 아무에게나 주어지는 면류관은 결코 아니다. 자기의 시대를 예리하게 통찰하고, 바른 선택을 함으로써 내가 할 일을 올곧게 해내는 일이야말로 결코 쉬운 것이 아니다. 예술가에게 있어서 이 일은 더욱 어려운 일이다. 왜냐하면, 예술은 저 자연처럼 진실과 조화의 아름다움이라는 차원 높은 미의 질서 안에 있어야 하기 때문이다. 내가 속한 역사의 현장에서 살아남을 통해 아름다움을 만든다는 일은 참으로 단순한 일이 아니다. 상황에 흔들리는 안이한 창작은 결국 탈락하고 만다. 실패하고 마는 것이다. 나비의 날갯짓이 온 우주에 파장을 가져올 수 있는 것은, 근본적으로 진실과 조화의 미라는 그 질서 안에 그 날갯

짓이 존재하기 때문이다. 나비의 몸짓은 진실한 아름다움
이다. 그 몸짓은 이 지상의 모든 창조물과 자연스럽게 섞이
는 조화의 상태에 있는 것이다. 여기에서 우리들은 한 편의
잘 창작된 예술, 한 편의 시가 가지는 위대한 힘과 그 생명
력을 분명하게 인지할 수 있다. 그리고 그 존재의 영원성까
지도 신뢰하게 된다. 자연의 일부이며, 의식을 가진 인간은
나비의 날갯짓과, 거기에 미치려는 인간의 진정한 노력과,
인간이 자신을 위해 대충 만든 이기적인 언행을, 때로는 양
심과는 먼 허위의 몸짓을 결국엔 구별하게 된다.

　이시환은 그의 시 「시와 나·1」에서 자신과 시에 관련된
내용을 언급하였다.

　　　　시는 나의 도피처였고
　　　　시는 나의 은신처였네.

　　　　나의 시는 낡고 초라하기 짝이 없는
　　　　다 쓰러져가는 초가집으로
　　　　앞문으로 기어들어갔다가 뒷문으로 나와도
　　　　혹, 뒷문으로 기어들어갔다가 앞문으로 나와도
　　　　사람들 눈에 좀처럼 띄지 않는

　　　　시는 나의 도피처였고

시는 나의 은신처였네.

이시환은 시가 자기의 도피처였고 은신처였다고 말한다.
그러나 그 시들은 자기의 몸을 숨겨주긴 했지만 아주 초라
하기 짝이 없는, 허술한 초가집 같은 것이라고 말한다. 여기
서 그가 우리에게 분명히 보여주는 것은 시와 그의 관계이
다. 그는 시를 통하여 다원주의의 살벌한 위협의 때를 넘기
었고, 할거하는 맹수와 독사들, 자연의 재앙 등을 그곳에 숨
어서 해를 피했다고 한다. 물론, 생이 무(無)로 끝나버리는
저 허무의 높은 언덕들도 거기서 넘었을 것이다. 그러고 보
면, 그는 시를 사랑한 사람이 분명하다. 그가 생존을 위에
그의 시의 그늘 아래로 들어갔기 때문이다. 인간은 위기의
상황에서 자기가 가장 신뢰할 수 있는 것을 붙들고자 반사
적으로 행동한다. 그리로 피하게 된다. 그렇다면, 신뢰는 곧
사랑일 텐데 가장 어려운 순간에 그가 하여, 그를 지켜주고
그를 살게 한 것이 바로 시였다. 그러므로 그는 시를 사랑
하는 사람이다. 그가 쉬지 않고 계속 시작(詩作)을 하는 것도
시와 그의 관계가 여전히 동거하는 관계에 있음을 알 수 있
다.

그런데 그의 시 「시와 나·2」에서는 다음과 같이 말한다.

시는 한 때 가슴에서 나왔는데

요즈음엔 머리에서 나와야 하네.

시는 한 때 흥에서 나왔는데
요즈음엔 복잡한 계산에서 나와야 하네.

시는 한 때 절로, 절로 익어 나왔는데
요즈음엔 쥐어짜야 만이 좋은 상품이 되네.

이토록 변해버린 세상에
스스로 적응하지 못한 죄로

나는 그 도피처조차 버리고
그 은신처조차 포기하려 하네.

이 시는 시인으로서는 아주 심각한 번민의 상태를 토로한 시이다. 시인에 의하면, 시가 그 본연의 자리를 이탈했다는 것이다. 그것도 시인들에 의하여 그 자리가 변질되었다는 것이다. 가슴과 흥, 절로 익은 감동에서 나왔던 시가 이제는 인간의, 그것도 시인들이라는 인간의 인위적인 의도에 의하여 산출되고 있다는 것이다. 그래서 그는 이 변해버린 세상에서 이제는 시라는 은신처요 도피처를 버리고, 아주 포기할 생각까지 하고 있다는 것이다. 시인이 죽으면 사회가 부

패해지고, 사제가 죽으면 사람이 죽는다는 말을 생각할 때 시인의 이러한 탄식은 가슴을 철렁 내려앉게 만든다. 이 시편은 이시환 시인의 여러 면모를 살펴볼 수 있는 시편이다. 그러나 여기에서는 여러 내용을 언급할 수는 없고, 시인이 안고 있는 병증만을 조금 언급하겠다. 이미 앞에서 언급한 대로 시인은 사람이 그리운 심산유곡(深山幽谷)으로 가고자 갈망하고 있는 것이다. 그의 많은 시들 중에서도 시인의 마음이 시를 겨냥하고 있는 이런 마음들은 시인의 작품에 지대한 영향을 미치고 있음이 사실이다. 이것은 시인의 시인들로부터 받는 정신적 외상(外傷)이 상당히 심각하다는 증거가 되기 때문이다. 그가 인간으로부터 받은 이러한 외상은 그의 청교도적인 기질로 인해서 오는 트라우마일 수도 있겠지만 한편으로는 그의 완벽주의와도 관련이 있지 않을까 필자는 생각한다. 그는 여러 시편에서 그러한 자신의 기질들을 내보이고 있기 때문이다. 그의 이러한 병증은 종교인들을 먹고 먹히우는 잔인한 다원주의의 동굴에서 희망을 찾고자 분투하며, 시야를 영계(靈溪)에까지 넓힌 성정(性情)이 특별한 사람들로 보아주지 않는다. 욕심쟁이로 보는 것이다. 이것은 그의 시적 상상력과 독자 수용에의 원만한 이해가 제한되는 듯한 아쉬움을 주고 있음이 사실이다. 그런가 하면, 시인과 시인의 변질로 인한 그의 고통스러운 심경의 토로도 본인이 져야 할 십자가를 거부하는 듯한, 맨 먼저 내

자아를 무너뜨려야 하는 자기고뇌의 상실로 비쳐지는 게 사실이다. 그러나 놀라운 사실은, 당연히 그래야 하겠지만, 한을 미로 승화시킨 저 소월에서와 같이 그의 이러한 심각한 병증들이 그의 계속되는 시 작업을 통하여 치료되고 있다는 것이다. 그의 시「자화상·1 -작은 산국(山菊)에 부쳐」는 다음과 같이 노래한다.

> 살면서 시를 쓴답시고
> 호들갑을 떨었네.

> 한 바퀴 돌아와 보니
> 하루하루 살아가는 삶이 통째로 시인 것을
> 그 목숨이 바로 시인 것을

> 시를 쓴답시고
> 호들갑을 떨었네.

그는 시로 인하여 너무 민감하게 반응하였던 자신을 마침내 알게 되었다. 그는 하루하루 살아가는 삶이 통째로 시인 것을 알게 되었다고 말한다. 언어로 구조되어 자기 형체를 드러내는 시가 삶으로 변환되는 현상을 그는 체험한 것이다. 시는 언어로 형상화되는 예술의 한 모습이지만 인간이 살아가는 이 현실이야말로 정녕 몸과 마음으로 쓰는 아름다운 한 편의 시라는 것이다. 이제 그는 시를 삶으로 체현시키는 지점까지 온 것이다. 이로 보건대, 시에 대한 그의 절박한 탄식은 시를 사랑하는 시인의 마음이 확대, 변화하는 한 과정이었던 것을 보게 된다. 그가 이 과정 속에서 인간으로부터 얻은 외상을 완전하게 치유하였다고는 볼 수 없을 것이다. 그러나 그의 시들은 깊어지던 그의 병중이 아주 많이 호전되어 있음을 여실히 보여주고 있다. 그의 시「마음의 원근법」이다.

> 살다보면
> 그리 가까웠던 것도 멀어지고
> 멀리 있던 것도 가까워지는 법이다.
>
> 살다보면
> 그리 좋았던 것도 싫어지고
> 싫던 것도 좋아지는 법이다.
>
> 이 순간도 변하고 있지만
> 상대의 변화가 아니라
> 다 나의 변화일 따름이지.

혹시라도 가까운 사람이 미워지면

멀찌감치 거리를 두고 바라보게나.

그 미운 구석들도 예뻐 보일 수 있나니

혹시라도 가까운 사람이 싫어지면

좀 더 가까이 다가가 찬찬히 뜯어보게나.

그 싫은 구석들도 좋아질 수 있나니

알고 보면 모든 게 다

내 무지 내 욕심 탓이라네.

그 걸 알고 그 욕심 조금만 버려도

싫어하고 미워할 것도 없다네.

시인의 마음은 계속 변화의 과정 중에 있음을 잘 표현한 시다. 그의 심각한 외상은 시를 통해서 치유되고 있으며, 외상은 곧 시를 생산하는 동력으로 작용하는 것도 분명하게 볼 수 있다. 이처럼 이시환의 시편들은 발걸음을 근거로 하여 분명한 하나의 통일성을 보여주고 있다. 계속되는 그의 삶의 행보는 때로는 역설과 환상에 붙들리고, 때로는 분노와 떠남의 극단에 시달리지만, 거기에서 그의 시들은 싹을 틔우고, 그의 시들은 그러한 틈바구니에서 역시 한 걸음 한 걸음 앞으로 더 나아가며 그들만의 꽃을 피우는 것이다. 필자는 이시환의 시들이 피워내는 이러한 꽃들을 자기들끼리 터를 만들고 도란도란 피어 있는 야생화들이라는 생각을 하였다. 인간이 만든 어떤 조화(造花)도 흉내 낼 수 없는 완벽한 자기 아름다움과 자기만의 향기를 가진 그런 꽃들이라고 생각한다. 누군가가 캐어다가 화분에 담아서 방안에라도 놓게 되면 금방 모습이 달라질 그런 꽃들이라고 생각하는 것이다. 그러나 구태여 그런 꿈을 꿀 필요가 있을까. 야생화는 자기들의 터전이 있다. 모든 꽃들이 그들만의 터전이 있는 것처럼. 그리고 야생화는 제 터전 위에 있을 때 그 향기를 바람에 날리며 빛을 발한다. 다음의 시편은, 그의 시들이 풍기는 향기가 자기 생존을 확인하며, 자기 생명을 지켜 내려는 처절한 생존의 비망록이라는 것을 잘 말해주는 시편이 아닐까 생각한다. 나아가, 이 글이 지향하는 그 희망을 잘 말해주는 시라고 생각하는 것이다.

작은 풍경소리가
여운을 남기며
멀리 멀리 사라져 간다.

돌연, 앞니 하나가 흔들리더니
버틸 만큼 버티다가
싱겁게 무너지고 만다.

그렇게 사라져 가고

무너지는 것들이

세상의 절반이지만

나는 늘 모르는 척

고개를 돌리면서도

그것들을 그리워한다.

무너지지 않고

사라지지 않으려고

자신의 기둥을 꽉 붙잡고서

기를 쓰고 용을 쓰는 이들조차

끝내는 스스로 무너지고

사라질 수밖에 없지만

사라지기에 깨끗한 것이고,

무너지기에 존재할 수 있으며,

그 길 위에 서있지 아니한 것 없네.

- 작품「그 길을 걸으며」 전문

이시환 시인, 마침내 산사나이 되다

심 종 숙(문학평론가/시인)

일본의 동북지방 민담에는 이른바 「산사나이물」이라
는 전래된 이야기가 있다. 여기에 나오는 산사나이는 몸
에 털이 보송보송 나있고 반인반수의 인물로서 산에 살
면서 동물과 인간계의 경계에 있는 존재이다. 야나기다
쿠니오(柳田国男)의 『도오노이야기(遠野物語)』 속에 나오는
이 민담의 주인공을 미야자와 겐지는 「산사나이의 사월」
이라는 동화 속에서 산사나이가 꿈속에 인간계인 저자거
리에 나와서 진에게 속아서 한바탕 어려움을 겪다가 다
시 원래대로 되는 순간 꿈에서 깨어난다는 이야기이다.
사냥을 해서 먹고 살아가는 산사나이는 사람이 아닌 것
이다. 여기에 나오는 산사나이는 바보스러울 만큼 착하
여 속기도 한다는 내용이다.

이 산사나이와 달리, 이시환 시인은 산을 그리워한다.
이번 시집에서 그는 산을 너무나 그리워 한 나머지 산에

살고자 하며 산에 있는 모든 것들이 곧 친구이며 사랑하는 연인이 되기도 한다. 또는 산에 존재하는 모든 것들에 대해 인사하고 관심을 가져 주는 좋은 친구가 되어 주기도 한다. 그의 산에 대한 이 그리움은 과연 어디에서 오는 것일까? 아마도, 그것은 '근원적인 그리움'으로 돌아가고자 하는 시인의 꿈이 아닌가 싶다. 이 부분에서는 평자도 알 듯 말 듯하지만 '그의 그리움의 대상은 무엇인가?' 하는 문제이다. 단순히 산이 그에게는 안기고자하는 여인의 품이라 하기에는 너무나 가볍다. 그가 산에 올라가는 이유는 무엇일까? 지나가는 등산객이 그에게 묻듯 다시 내려올 산을 왜 그렇게 올라가는 거냐고, 단순히 오르고 내려오는 반복에서 그는 무엇을 구하고자 함인가?

　이시환 시인은 외로운 사람이다. 그래서 산을 찾는다. 산에 가면 그의 외로움은 어느 정도 해소되는 듯하다. 그래서 전국의 산을 거의 다 가본 듯하고, 일주일에 한 두번은 꼭 산에 오른다고 말 한 적이 있다. 세상사 피곤해질 때에, 문득 답답할 때에 산에 오르면 그는 큰 위안을 얻는다. 산은 예부터 천상(天上)의 세계와 닿아 있다고 했다. 구약성경에서 모세가 계약의 궤를 시나이 산에서 가져왔고, 엘리야는 호렙 산에서 바알을 믿는 제사장들과 진검승부를 하였다. 태초의 인간은 에덴동산에서 복락을 누렸으나 곧 그곳에서 추방되었다. 높고 신비로운 산은 '영산(靈山)'이라 하여 신(神)이 머무는 곳으로 인식하였고, 그 산을 숭상하였다. 늘 신이 강림할 때는 산에 내렸다. 이것을 '강신(降神)'이라 하여 그 산을 또한 영산이라 불렀다. 그렇게, 산은 신비롭고 존엄하며 감히 뭇 인간들이 쉽게 접근할 수 없는, 신의 힘이 미치는 신령스러운 곳이었다. 현재에도 그리스 내에 '아토스 성산'이라 불리는 산에는 약 300여 개의 수도원이 있으며, 하늘과 접신하고 있다.

이시환 시인에게 산은 단순히 도시인들이 생활에서 오는 피로나 지침으로부터 해방되고자 또는 건강을 위해서 오르는, 단순한 산이 아니다. 어쩌면, 그에게 그와 가족이 머무는 일상의 공간인 집과 그가 일하는 사무실과, 매일 일터 가까운 곳에 잠시 쉬기 위하여 낮잠을 자는 수면실을 제외한 공간으로서 존재하는 유일한 것이 산이다. 그가 산에 올라가서 머무르는 동안, 시인은 이 모든 것들로부터 해방되고 잊어버린다. '절대자유'를 누리며, 또한 '절대고독'을 누린다. 스스로 외롭기를 자처할 때 오는 이 자유와 해방은 그에게는 분명, 산에서 이루어지는 것이다.

수없이 걷고 걸어서

눈에 익고
발에 익은,
똑 같은 길이련만

내 마음 빛깔 따라
보이는 것들이 사뭇 달라지는
숲속의 세상 신비하고

내 마음 눈빛 따라
안겨드는 것들이 또한 달라지는
숲속의 세계 하, 신기하구나.

평생 키워 온
내 시전(詩田)의 묵언(默言)도
보고 듣는 이의 마음결 따라 달라지는
하나의 세상을 품고
하나의 세계를 가지는,

울창한 숲속의 오솔길처럼
크고 작은 풀꽃들을 내어 놓으며,
누군가의 발에 익고
눈에 익었으면 좋겠네.

산은 하나의 세계를 가지고 하나의 세상을 품고 있다. 그가 늘 오르는 익숙한 숲길은 곧 그의 시업(詩業)의 길과 동일시되고 있다. 실제의 익숙한 산길처럼 그의 시업의 길이 누군가의 발에 익고 눈에 익길 소망하는 것은, 시인이 자신의 시적 세계가 타인들과 소통되고 공유되길 바라는 간절한 바램에서이다. 분명히 길을 하나뿐이라고 하기보다 여러 갈래의 길이 다양한 모습으로 존재하여 각기 다른 사람들에게 골고루 익숙해지길 바라는 것이다. 숲 속의 세상이 다종다양하여 신비로운 것처럼 자신의 시업 속에도 여러 갈래의 길이 나 있어 그곳으로 들어오는 이들에게 오솔길도, 계곡을 따라 난 길도, 다소 가파른 길도, 완만한 길도 나 있어서 그 길에 올망졸망 풀꽃들이 도열해 있고, 또는 쭉쭉 뻗은 나무들이나 바위들이 얼굴을 드러내고 있는, 그 산길의 모습이 곧 그의 시전(詩田)의 모습이길 원한다. 마음의 색에 따라 숲 속의 것들이 다양한 색깔을 이루며 비춰들고 마음의 눈빛에 따라 내 마음과 그것들의 마음이 활짝 열릴 때에, 그것들은 와락 안겨들 때도 머뭇거릴 때도 쭈뼛할 때도 그냥 이쪽을 바라보거나 가늠할 때도 있을 것이다. 이 모든 것은

'내 마음 빛깔'과 '내 마음 눈빛'에 따라 달라지는 대상들이다.

여기에서 그의 시가 관조(觀照)의 시에서 출발하고 있음을 알 수 있다. 마음으로 무엇을 본다는 것, 마음으로 무엇을 느낀다는 것, 마음으로 무엇과 소통한다는 것, 마음으로 무엇의 내면을 이해한다는 것, 마음으로 무엇을 그가 원하는 대로 그대로 둔다는 것은 결코 쉬운 일이 아니다. 얼마나 관조의 눈이 깊어야 여기에 이를 것인가? 시인은 이 관조에 일가견을 가지고 있다. 우리가 그의 관조를 따라 가지 못하면 그의 시를 이해할 수 없듯이 그의 시는 우리들을 그의 관조의 세계로 이끌고 있다. 그가 원하는 것은 그 길에 동행하며 익숙한 발걸음이 되길 바라는 것이다. 시인은 어떤 의미에서, 자신이 얻은 영감(靈感)을 다른 이들과 공유하고 이해시키며 새로운 영감으로 이끌어 들일 준비가 된 자이다. 한 권의 시집은 시인이 얻은 영감들의 소산이며, 그것의 묶음이다. 시인은 이 영감의 세계에 독자들의 발걸음을 인도하여 그 발걸음이 익숙해질 때까지 자신을 개방하고 열어놓는 자이다. 독자들은 점차로 시인의 영감에 가까이 다가갈수록 시인과 독자의 거리가 메워지며 익숙한 걸음이 되는 것이다.

그래, 이 두 발로써

걸을 수 있을 때까지 걷고

갈 수 있는 곳까지 가보련다.

그것이야말로

내 스스로 짊어진

운명이자 축복이라 여기며,

오늘도 어제처럼 설레는 마음으로,

때로는 두려운 마음으로

길을 나선다.

이런 발걸음조차 언젠가는

줄이 뚝 끊어지듯 멈추어 버리는

그 순간이야 오겠지만

길 위에 찍히는 발자국이

아무리 초라해도, 화려해도,

부인할 수 없는

내 생명의 숨이었다는 사실을 새기면서

나는, 두 발로써

걸을 수 있을 때까지 걷고

갈 수 있는 곳까지 가보련다.

-2017. 10. 05. 「낡은 신발을 바라보며」 전문

여기에 하나의 낡은 신발이 있다. 시인은 그것을 바라
본다. 이 신을 신고 얼마나 많은 시간들을 걸었던가. 여
기에는 때로는 신발을 신고 있다는 것을 잊어버리고 마
냥 걸어온 시간들이 있다. 신발은 그 시간만큼 낡아져 있
다. 그래서 드디어 이 낡은 신발을 바라보는 시간을 갖게
되었다. 되돌아보니 신발은 낡았고 세월은 지났다. 젊고
아름다웠으며 꿈을 가득 품어서 가슴에 통통 소리 내며
심장의 박동이 뛰놀았던 주름 없던 시절이 스쳐 지나간
다. 젊음으로 모든 것이 아름다웠고 거침없었으며 한없
이 자비로웠던 세월을, 그리고 몸과 마음을 던져 한 사람
을 사랑하고 한 가정을 일구었던 시절, 그들을 위하여 뼈
를 깎으며 이리 저리 뛰었을 시간들이 필름처럼 지나간
다. 마치, 차륵차륵 내리는 싸락눈의 소리가 필름을 풀어
내듯이… 헐렁해질 때, 느슨해질 때 정신을 다잡듯이 맨
끈이 헤어져 있고 날렵하게 날아다니듯 걸어다녔을 때의
신발의 앞코는 뭉툭하게 둔중하게 뚜벅뚜벅 다소 뒤를
끌며 낡았으리라.

그러나 시인은 이 상태로 주저앉으려 하지 않는다. 뭉

툭해져서 낡아서 두려울 수는 있겠지만 가던 길을 이제는 날렵함 대신에 느리지만 쉬엄쉬엄 더 많은 것들을 안아 들이면서 두려움 없이 가고자 한다. 그러니 두 발로 직립보행하여 걸을 수 있는 그날까지 가려고 한다. 왜냐하면, 거기에는 나의 생명의 이력이 깊이 찍혀져 있기 때문이다. 나 하나의 생명이 소중하기에 다른 이들의 생명도 소중히 여기며 함께 살아가고자 한다. 여기에는 찍히는 발자국의 현란함도 초라함도 무의미하며, 언젠가 쓰러지는 그날조차도 두렵지가 않다. 그가 가꾸어온 생명은 곧 운명이며 축복이 될진대 이 하나만으로도 그에게는 감격일 뿐이다. 분명히 낡은 신발은 여기에서 생이 나에게 부여해준 훈장이 된다. 한 사람 한 사람의 삶은 모두 훈장을 받아야 한다. 이 훈장 달아주기에 인색하지 않는 것이 또한 자신을 사랑하는 법이며, 그와 같이 타인을 사랑하는 법이다. 나와 타인이 소통하는 데는 이러한 경험들의 공유·소통·이해·배려가 있어야 한다. 여기에서는 나의 인색한 고집을 버려야 한다. 아집은 인색하다. 아집은 나를 위해서 타인을 배제한다. 아집은 자기만을 고집한다. 이것이 지나치면 아만(我慢)이 된다. 아만은 소통을 모른다, 공유를 모른다. 이 아집과 아만을 벗는 것은 자신을 자유롭게 하는 것이다. 아만의 늪에서 시들어가는 나무가 되기보다 자기를 열어서 타인들을 깃들이는

것, 이것이 '큰 나무'가 되는 길이다. 그 나무에 새들도 사
람들도 깃들게 하는 삶이 시인이 걸어가고자 하는 시의
길인 것이다.

말하지 마라.
울지도 마라.
말하지 않아도 나는 안다.
비록, 굽고, 휘어지고, 뒤틀렸다만
더욱 단단해진 몸으로
황홀하게도 꽃을 피웠구나.

그동안 살아오면서
갈증에 목이 얼마나 타들어갔는지,
강풍에 얼마나 시달리고 꺼둘렸는지,
엄동설한에 얼마나 떨며 얼어붙었는지를
내가 알고 네가 아나니
말하지 마라.
울지도 마라.

세상의 온갖 풍파를
온몸으로 견디어내고 이겨낸
너의 깊은 눈빛 같은 꽃들을 바라보면서

말을 해도 내가 하고

울어도 내가 대신 울리라.

-2017. 06. 22.

「산행일기 · 8 -노목(老木)에 만개한 꽃들을 바라보며」 전문

   그는 지금 노목(老木) 앞에 서 있다. 굽고, 휘어지고, 뒤틀렸지만 단단한 몸으로 아름다운 꽃을 피운 늙은 나무이다. 그 앞에서 숨이 막힌다. 이 나무가 겪었을 고난에 말문이 막힌다. 그래서 말하지도 말고 울지도 말라고 위로한다. 시인은 이 나무를 대신하여 말하고 대신하여 울고자 한다. 시인은 마음의 눈으로 이 나무와 인사를 하고 인간의 마음과 나무의 혼이 서로 이야기를 한다. 나무는 시인을 보고 무슨 말을 하겠는가, 또 시인은 이 나무를 보고 무슨 말을 하겠는가, 그냥 서로 바라보고 있으면 된다. 모든 걸 다 알기에 말이 필요 없고 북받쳐 오는 서러움을 부려놓지 않아도 된다. 어쩌면, 서로의 고뇌와 고통을 알기에 눈빛만 주고받아도 된다. 이 한 그루의 노목에게서 시인은 자신의 고통도 말하지 않으려 하며 울지도 않으려 한다. 나무가 보여주는 이 모습 그대로 그는 짐작하고도 남는다. 누군가를 위하여 울고 누군가를 위하여 하소연의 말을 해줄 때 우리는 감동을 받는다. 시인의 역

할은 바로 여기에 있다고 해야 할 것이다. 대신 울어주고 대신 말해주는 시인의 길은 또한 이 노목의 길과 동일해질 것이라는 전제가 따른다.

크고 작은 꽃들이 저마다
피이날 자리에서 형형색색 피어나듯이
계곡의 물이 하도 맑아
내 옷을 벗고 슬그머니 용소(龍沼)로 들어가니
환영한다는 뜻인지,
탐색하는 것인지,
아니면, 먹잇감으로 여기는 것인지,
내 몸을 에워싸고 사방에서 입질을 해댄다.

그래도 이곳이 자기들 세상이라고
이 작은 물고기들이 호기심을 내어
낯선 내게로 다가오는 게 싫지는 않다.

이제, 그만들하거라!
간지럽다, 이 녀석들아,
이 순간만은 나도 너희들처럼
한 마리 산중의 물고기이외다.

이 깊은 산중에서 꾀를 벗고

너희들과 함께 노는 나를 본 사람은

아마도 없을 것이다.

설령, 누가 몰래 훔쳐보았다 해도

나의 간지럼까지야 보았겠는가.

-2017. 09. 10. 「간지럼」 전문

산의 계곡은 물을 품고 있다. 시인은 여인처럼 옷을 벗고 이 산의 깊은 곳인 소(沼)에 들어간다. 산과 일심동체가 되는 순간이다. 산은 이시환의 시에서 여인이다. 그래서 거기에 피어나는 꽃들이 여인이며 산길에서 만난 '얼레지꽃'과 '원추리'들이 모두 여인이다. 꽃이 여성 상징이기에. 계곡의 물 또한 여성 이미지이므로 그는 이 물로써 자신의 몸을 담그어 세속의 거추장스러운 옷을 벗는다. 이 계곡의 맑은 물에서 세상사의 티끌을 헹구어 낸다. 속세의 때를 말끔하게. 그 때 작은 물고기들이 그의 몸에 입맞춤하듯이 입질을 하여 그는 한없는 간지럼을 느낀다. 자연 속에서 물고기들에게 번롱(翻弄) 당하는 시인의 기분은 자유인이다. 마치, 산사나이가 되어 산에 있는 모든 것들과 한데 어우러져 즐긴다. '한 마리 산중의 물고기'라고 한 것은 시인의 절대고독을 표현한 시구이다. 절대고독 속에서 자연과 동식물과 인간이 노니는 것은 바로 인간이 산의 일부가 되고자 함이다. 인간이 기계의 일부가 되기보다 자연의 일부가 되고자 함이다. 인간과 기계가 친화하여 인간의 부분적 기계되기와 인간의 부분적 자연되기 사이에 팽배한 겨룸이 여기에 보인다. 현대의 급속하게 빠른 물질문명과 기계분명의 발전으로 인간의 기계화 또한 빠르게 되어가고 있는 가운데 인간 존재의 자연친화 및 자연의 일부분되기는 오랜 세월 있어왔으나 인간이 자연을 친화함으로써 회복되는 인간의 꿈이 거기에 있는 것이다. 산사나이가 인간되기를 위해 저자거리나 축제의 밤에 시골 마을로 내려와 인간들 틈에 서성이는 것처럼 자연 속에 서성이는 인간은 인간이 기계화되어 가는 것에 대한 안티테제로서 기능하고 있다고 해야할 것이다. 이시환 시인은 분명히 기계 친화적이기보다 자연 친화적인 인간형이다. 기계와 같은 광물이미지보다 자연의 식물이미지가 강하다는 것은 시인에게 내재된 여성성이 표출되고 있다고도 볼 수 있을 것이다.

난생 처음 보는,

하얀 코끼리 한 마리가,

그것도 몸집이 집채만하고

힘도 세어 보이는 코끼리가

놀랍게도 일곱 빛깔 연꽃 위로
성큼성큼 걸어온다.

지상의 눈들이,
천상의 손길이,

그 눈부신 코끼리에 쏠린 탓일까,
그 깨끗한 연꽃으로 쏠린 것일까?

세상은 온통
백짓장처럼 조용하다.

그 숨죽인 세상 가운데에서
나 홀로 돌아앉아 눈을 감으니

천리 밖의 소리 다 들리고
마음 속 불길까지 훤히 내다보인다.

-2017. 01. 01. 「좌선·2」 전문

절대고독, 시인이 얻어내는 영감은 여기에서 온다. 이 시는 어쩌면 새 시집의 전체를 말해줄 수 있는 대표시가 될 것이다. 불교적 상상력으로 그의 시 세계를 이끌어온 시인의 오랜 시업 속에서 이 시는 정녕, 빛날 것이다. 그가 세상을 등지듯 산을 그리워하고 산에 존재하는 모든 대상들에게 이끌리어 그것들과 나식이 심안으로 눈을 마주치고 대화하는 것은 오로지 절대고독을 스스로 자처해왔기에 가능한 것이었다. 절대고독 속에는 절대자유가 있다. 완전한 자유인, 그것은 나를 벗어 던지는 것이다. 나를 둘러싼 상징계의 규범들에 갇힌 자기를 벗어 던지고 자연과 유유자적하면서 느린 걸음걸이로 다가가는 자에게 주어지는 영감의 선물이다. 절대고독 속에서 자기의 모습을 있는 그대로 바라보고, 천리 밖의 소리를 듣는 것은 바로 이 경지에서 가능한 일이다. 이 절대고독에서 그는 원초적인 그리움을 생각한다. 그리움은 좋은 감정이다. 오늘날 우리들은 더 이상의 무엇을, 누군가를 그리워하지 않는다. 그리워한다는 말을 하면 뭔가 접고 들어가는 듯이 인간관계에서 생각될 만큼 인간 생태 환경은 날로 건조해지고 있다. 우리들의 그리움은 그런 것이 아니다. 우리들의 그리움은 외로움과 고독함 속에서 삶을 마주하며 싸우고 있는 많은 이들에게 신바람을 줄 것이다. 그리움이 없거나 그리워 할 것이 없는 세상은 삭막하다. 사막과 같다. 우리는 그런 인간 생태 환경 속에서 점차로 기계에 의지하여 기계화되어 가면서 사람을 친화하기보다 기계를 친화하고 자연은 물러나 있게 하면서 살고 있다. 기계에 친화하면서 인간관계의 소중함이 자꾸만 옅어져 간다. 그러니까, 연결 가치가 하락해 간다. 페이스 북, 카카오 톡, 카카오 스토리, 라인, 인스타 그램, 밴드, 와썹 등 인간의 관계를 연결지우는 도구들이 많이 개발되어 나오지만 우리들의 관계는 연결 가치가 하락하고 있다. 소중해지지 않고 그리워 할 것이 없는 시대는 얼마나 삭막하며 얼마나 살기 싫은 세상이 될 것인가?

이시환 시인의 이번 시집에는 우리의 삭막한 가슴 깊이 꼭꼭 인색하게 숨겨둔 그리움을 이끌어 내는 마음의 불길이 있다. 그는 스스로 늙어가고 있다고 한다. 맞는 말이다. 인간은 모두 늙어가고 종국에는 쓰러져 죽는다. 하늘을 향하여 이 세상 것들을 하나도 남김없이 자신이 가져가지 못한 채 관 속에 누워야만 한다. 이로써 인간의 직립보행은 끝날 것이다. 그러나 그는 이 두려운 죽음 앞에서도 마음의 불길을 끄지 않는다. 절대고독의 마음의 불길은 시심이 되고 시전이 된다. 그 마음의 불길이 타오르는 한 시인은 아직도 청년이다. 그 마음에 그리움을 가득 담고 그 마음이 무언가로 누군가에게로 향하고 있다.

간절히 기다렸던 사람,

그리운 사람 오신다고

일손 놓고 버선발로 달려 나오는

저 놀란 눈빛의 들뜬 여인을 보아라.

하나뿐인 사람,

그리움이란 나무에

아침저녁으로 물을 주었던 사람,

고마운 사람 오신다고

하던 일 멈추고

맨발로 뛰어나오는

저 기쁜 여인의 눈빛에 어리는

눈물을 보아라.

그대 고운

다홍치마 땅에 닿을라.

그대 급한 마음

돌부리에 걸려 넘어지실라.

-2017. 07. 12.

*덕유산국립공원 중봉 사면 원추리 군락지에서 「원추리」 전문

우리나라의 고전적인 정원 가에 심어져 있을 법한 원추리꽃을 산행에서 마주하면서 시인은 그리움을 떠올린다. '하나 뿐인 사람,/그리움이란 나무에/아침저녁으로 물을 주었던 사람,/고마운 사람 오신다고/하던 일 멈추고/맨발로 뛰어나오는/저 기쁜 여인의 눈빛에 어리는/눈물을 보아라.' 이 시는 표현상 전통적인 색채인 다홍치마, 버선발 등을 동원하여 고전적인 향수로 우리들을 이끌고 있다. 이 전통적인 정서는 오늘날 우리들이 잊고 있는 그리움의 하나일 것이다. 얼핏 보면, 진부하기까지 한 이 표현들이 그리워지는 것 또한 우리의 전통적 정서와 맥을 같이하고 있기 때문이다. 이는 이시환의 시적 에스프리가 전통정서에 깊이 뿌리를 두고 있고, 거기에 상당하는 경험들과 시어들을 채집한 결실일 것이다. 이번 시집의 에스프리가 한국인들의 자연친화적이며 신비경인 선적인 정서를 통해 한국인의 원형적 정서로 독자들을 이끌어 가고 있다고 감히 말할 수 있을 것 같다.

이시환의 새 시집

솔잎 끝에 매달린 빗방울 불 밝히다

초판인쇄　2018년 03월 01일　**초판발행**　2018년 03월 03일

지은이　**이시환**
펴낸이　**이혜숙**　　펴낸곳　**신세림출판사**
등록일　1991년 12월 24일 제2-1298호

04559 서울특별시 중구 창경궁로 6, 702호(충무로5가, 부성빌딩)
전화　**02-2264-1972**　팩스　**02-2264-1973**
E-mail : shinselim72@hanmail.net

정가　**13,000원**

ISBN　978-89-5800-194-2, 03810